EITEL SEI DER MENSCH
NEUREICH
UND MIT GUT

Tierisches

Ein Rentier wurde 65.
Es wollte nicht mehr in den Schnee.
Es reichte seine Rente ein
und nannte sich **Rentier**

Autogenes

Warum sind es immer Alte mit Hut,
die vor mir auf der Straße bummeln,
mit Klorolle und Wackelhund?
Ich krieg manchmal die Hummeln!

Und strohblonde Tussis, die telefonieren
und während der Fahrt sich noch schminken!
„Pass doch auf und mach mit, olle Kuh!"
„Oh pardon!" **Ich** hatte vergessen zu blinken.

Vornehm

In 'nem Pariser Pissoir
sagt man beim gehen: „au revoir!"
Und wenn danach die Tür zuknallt,
ertönt's vom Tonband noch: „piss bald!"

Leere Worte

Wie und wo entsorgt man eigentlich „leere Worte?"
Die Worthülsen allein würden viel größere Berge
als Patronenhülsen bei der Armee ergeben!
Solche Riesen-Receycling-Container gibt es nicht,
die man vor Ämtern, Behörden, Parteizentralen,
Parlamenten und Presseeditionen aufstellen müsste.
Und wohin damit? Nach Gorleben?
Die strahlen wenigstens nicht.
Da leere Worte keinen Wert haben,
gibt es auch keine Halbwertzeiten.

Ich habe eine bessere Idee:
Entweder die **leeren Worte** wieder in **Wörter**
zerlegen, aufbewahren, bis jemand kommt,
der sie mit Geist und Seele mischt,
und daraus Worte macht, die etwas vermitteln.
Oder: die **leeren Worte** zerschreddern!
Daraus könnte man soviel Buchstabensuppe kochen,
um die Hungersnot in der Welt zu besiegen!

ABC

Deutschland baut und verkauft ABC-Schützenpanzer.
In diesen sitzen dann ABC-Panzerschützen
und schießen im Ernstfall auf ABC-Schützen ...

Poesie

Es lag ein nackter Po am Strand,
umgeben von ganz feinem Sand.
Drei Meter weiter ebenso
sonnte sich ein andrer Po.
Da sagt der erste **Po: „e, Sie,“**
verträumt zu seinem vis-à-vis.

Essen

In Frankfurt in Hessen und in Essen gibt's Messen
für jeden Zweck und verschied'ne Int'ressen:
Für Trinken und Essen, für Heizung mit Essen,
und Bücher, gedruckt, um die Welt zu vermessen,
und Möbel, auf den' schon Mätressen gesessen.
G'rad darauf sind manche besonders versessen!

Auch die Kirche macht Messen, mit Oblaten zu essen,
für reuige Sünder, die vom Teufel besessen,
damit diese Kessen nicht den Glauben vergessen.
Doch der Wein ist sauer und sehr sparsam bemessen.
Erinnert ihr euch noch dessen beim Essen?

HIMMELSSCHEIBE VON BORNA

Für Hartwig Albiro

Gedanken eines 80-jährigen

Habe nun ach, ...'zig Jahr
viel (oh, Sophie) studiert,
als Bäcker Torten fein garniert
und gratiniert und warm serviert,
so manche Muse leicht verführt,
und dies zu Recht ganz ungeniert,
schließlich bin ich nicht kleinkariert.
Das „Stadttheater" reformiert,
tolle Spektakel aufgeführt,
und mich niemals damit blamiert,
(dazu war ich viel zu versiert).
Mit meinem Namen garantiert,
der mit Theater fest liiert.
Als Juror andere gekürt,
das Herz von Heidi tief gerührt
und Weihnachten sie parfümiert.
Zur Wendezeit voranmarschiert,
für Meinungsfreiheit demonstriert,
Kopf und Kragen fast riskiert,
Versammlungen organisiert,
damit niemand den Mut verliert!
Zuhause öfter renoviert,
nie Leute, nur die Tür'n geschmiert,
um's Haus ein Garten als Geviert,
auf dass kein Blümelein erfriert .....

...Da steh ich nun am Gartentor
und bin so klug als wie zuvor!

Wetter

„Das Urlaubswetter war wie mein Klavier",
sagte der berühmte Komponist: „wohltemperiert."

Modernes Theater

Im 1. Akt,   das war Fakt, war der Akt nackt.
Im 2. Akt,   etwas abstrakt,
               der Akt die Fingernägel lackt.
Im 3. Akt   den nackten Akt die Reue packt,
               weil ihn das Gewissen zwackt.
Im 4.Akt   (im Seitentrakt)
               das Herz gleich in die Hose sackt,
               weil auf der Bühne etwas knackt.
Im 5.Akt   (beim Teufelspakt)
               da war der Akt noch immer nackt ...
               nun sah ich nicht mehr hin - aus Takt.

Öde

Der Tag war grau, das Leben schnöde,
da erklang eine Ode in der Öde.
Die bekannte Stelle mit der Flöte.
Ich hab's deutlich gehört,
ich bin doch nicht blöde!

Spezialwaffen

Täglich liest man in der Presse von
„Abrüstung", „Waffenembargo", „Rüstungskontrolle".
Doch wer kontrolliert die Waffen einer Frau?
Welches gewaltige Potenzial schlummert da ...

Gegen die biologischen und chemischen Waffen
haben wir Männer ja nichts einzuwenden,
aber die Agressivwaffen und die psychologische
Kriegsführung machen uns Angst!

Doch wie könnte man es überhaupt kontrollieren?

Diese Waffen sind gut getarnt, innerlich gebunkert,
nicht zu orten für jede Aufklärung,
und scheinen endlos nachzuwachsen ...

Und wir Männer rennen weiterhin grimmig
mit der Holzkeule rum
und führen unseren Krieg auf den Autobahnen ...

Verhältnis

Das Verhältnis zu ihr war wie Feuerholz,
nämlich: - gespalten!

MUTTER MIT FÜNF KINDERN

Die Zecke

Eine kleine fette Zecke
lugte keck über die Hecke,
ob sie jemanden entdecke,
dessen Blut sie gierig lecke,
und ihn somit etwas necke.

Doch sie sah nur eine Schnecke
kriechend dort im Straßendrecke,
auf dem Weg bis an die Ecke,
denn dort standen Salatsäcke.
Doch das wär' nichts für die Zecke.

Und eh' ein Vogel sie entdecke,
der zu Tode sie erschrecke,
und noch schlimmeres bezwecke,
machte sie sich flugs vom Flecke,
hinter ihre Ginsterhecke.

Ungeheuer

Im alten Gemäuer der Scheuer
spuckte wie ein Wiederkäuer
ein widerliches Ungeheuer Feuer.
Sein neuer Betreuer, dem war's nicht geheuer,
denn heuer ist Energie sündhaft teuer!

Nachdenklich

Man sollte „Nerven wie Drahtseile" haben -
so der bekannte Spruch.

Doch haben Sie mal ein Drahtseil gesehen,
an dem jahrelang gezogen und gezerrt wurde?
Wo die einzelnen Litzen platzen, wegspringen,
und aussehen wie eine räudige Drahtbürste?
Die „Seele" des Seils besteht dann
nur noch aus 3 bis 4 dünnen Drähten ...

Solche Seile werden regelmäßig
vom TÜV ausgewechselt!

Wer aber ersetzt mir meine Nerven?

Gutmensch

Ich wollte immer ein guter Mensch sein.
Aber **Gutmensch**, was ist das eigentlich?
Es klingt,als hätte man das **gut** gepachtet,
undialektisch vereinnahmt,
klingt nach Selbstbeweihräucherung,
konstruierter Symbiose und Langweile ...

Ich werde mich bremsen,
um nicht in Gefahr zu geraten!

Matrone

Eine ältere Matrone
fuhr mit ihrem Schwiegersohne
zur Erholung an die Rhône,
um im Haus, das sie bewohne,
besser noch: auf dem Balkone,
dazuliegen oben ohne,
rechts und links je 'ne Melone
in der prallen Mittagssooooooonne
als gegrillte Amazone.
Allen Hautärzten zum Hohne,
das int'ressiert sie keine Bohne.
Braun gehört zum guten Tone
in dieser Schickimickizone.
Und sie hofft als VIP-Ikone,
dass sich der Röstvorgang verlohne!

Therapie

Gestern haben wir in der Therapie
alte, vergessene Volkslieder gesungen.
„Wenn der Kopf aber nu en Loch hat,
lieber Heinrich, lieber Heinrich;
wenn der Kopf aber nu en Loch hat,
lieber Heinrich - was dann?!

AUFGETAKELTE ALTE SCHRAUBE

Fragen über Fragen

Warum steckt der **Posaunist** nur seinen Hintern in die Sauna? Und was hält der **Zuhälter** eigentlich zu? Braucht man einen **Geigerzähler**, oder könnte das der Dirigent mit übernehmen? Was macht ein **Montagearbeiter** an den restlichen Wochentagen? Waren die **Verzinker** alle bei der Stasi? Wird ein **Flussschiffer** wegen öffentlichen Urinierens belangt? Poliert der **Polier** mein Image auf? Arbeitet der **Freimaurer** ohne Lot frei Schnauze? Türmt ein **Türmer** wegen zu geringer Bezahlung? Warum verlegt der **Verleger** nur immer meine Texte? Kann ein **Teenager** auch Kaffee knabbern? Wieviel Minuten braucht ein **Sternekoch** um sie al dente zu servieren? Sind die **Liftboys** alle geliftet? Wie lange muss ein **Buchhalter** sich am Buch festhalten? Sollte ein Westernheld **Revolverdreher** gelernt haben? Kann die Linkspartei sich einen **Rechtsanwalt** nehmen? Bekommt die Schneemannfrau auch **Schneewehen**? Welche Farben benutzt ein **Landstreicher**? Was macht die **Grafikerin**, wenn der Herr Graf stirbt?

Fragen über Fragen...

Dampf ablassen

Habe ich mal großen Ärger,
verzieh' ich mich in meinen Erker
und fluche dort wie ein Berserker.
Ansonsten käm es noch viel ärger!

Gelassenheit

Eine hohe Kunst ist die Gelassenheit,
sie braucht viel Übung und enorme Zeit.
Stress, Hektik, nervöse Betriebsamkeit,
das ständige „da"sein; das „immer bereit",
gegen all das hilft nur **Gelassenheit**!

Übrigens: ham Sie schon ein' gelassen heit?

Kur

Ein dünner Schatten fuhr zur Kur,
denn er wog 20 Kilo nur.
Dort päppelt' man ihn wieder auf,
und er bekam paar Pfunde drauf.
Und alle, die was mit ihm hatten,
dachten heimlich: „mein Kurschatten".

Mittelalter

Was waren das für seltsame Zeiten,
die Menschen konnten nicht fliegen, nur reiten,
die Ritter sich sogar in Blech einkleiden,
die Damen dagegen in Samt und Seiden.
Versandhäuser würden sie heute beneiden.

Troubadoure griffen in die Saiten,
den Damen auch in die Oberweiten ...
Trotzdem ließ man sich nicht scheiden,
lieber gleich den Kopf abschneiden,
wenn's nicht klappte mit den beiden.

Beim Foltern musste jeder leiden.
Zwiste wollt' man nicht vermeiden
und ließ sich vom Faustrecht leiten.
Aber: Es gab wen'ger Bankenpleiten!
Das war'n Zeiten! Das war'n Zeiten ...

Bad Bank

Warum warnt die Presse nur vor einer **Bad Bank**?
Das ist doch im Alter sehr praktisch!
Man kann sich nach dem Duschen hinsetzen,
bequem die Socken anziehen, sich fertigmachen
und aus dem Haus gehen, z.B. zu seiner Bank!

RITTER VON DER HACKE

Das rote Band

Es stand an einer Häuserwand
ein riesengroßer Elefant.
Den Rüssel hielt er elegant,
und winkte mit 'nem roten Band.

Ein kleines Mädchen kam und fand
das Ganze furchtbar int'ressant,
das mit dem Band und all dem Tand,
und reichte ihm die Kinderhand.

Der Elefant sofort verstand,
(er war bekannt als sehr kulant),
und schenkt' dem Kind das rote Band,
Dem glücklichsten im ganzen Land.

Zeit

Zeit hab' ich eigentlich genug,
als Rentner, entledigt der Pflicht.
Die Kür aber ist total ausgefüllt,
gut für das Selbstwertgefühl.
Ich gebe auch gern von der Zeit,
wenn ich helfen, was bewirken kann.
Aber wenn mir jemand Zeit stiehlt,
aus Dummdidelei, werde ich zornig!

Pia

Der Kerl, der Pia küsst,
ist ein berühmter Pianist.
Und der ihren Po vermisst,
der war früher Posaunist.
Ein Popanz, den man nicht vergisst,
Musiksadist und Sextourist.
Er war voll List und spielte Liszt,
was manchmal ganz schön schwierig ist.

Ihr Ehemann war Polizist ...
zuständig bei Streit und Zwist,
der jedesmal die Fahne hisst,
wenn Weisheit er mit Löffeln frisst.
Ein Trottel, wie auch du es bist.
Kurzum: Die Ehe, die war Mist!

Und damit auch ihr es wisst,
Pia ... , Piano ... , Pianist .

Nicht neu

Von „Apple" 'n „i", dafür sparen viele.
Aber schon uns're Vorfahren haben
für'n Äppel und 'n Ei gearbeitet!

Mangel

Früher wurde die Wäsche gemangelt.
Das war schwer, erhielt aber jung.
Und wenn sie dann noch Falten hatte,
war's eine Mangelerscheinung.

Kunst

Kunst kommt von Können!
Den Spruch sagt man heut' leise,
je dreister sie sich präsentiert,
desto mehr steigen die Preise.

Radies

Im Frühjahr säe ich paar Radies,
im Sommer ernt' ich die paar Radies,
bevor ich die paar Radies
von unten sehe,
... dann wär' ich schon im Paradies.

KOFFERFISCH

Treffen der Fische

„Hi, big **Hai**, high **Hai**!"
„Hey, Alek **Zander**, du bist zwar ein toller **Hecht**, aber platt wie 'ne **Flunder** und Flossen wie'n **Blei**! Was macht denn dein **Seehase**, der kleine **Backfisch**? **Aal**t und **Wels**t ihr euch noch auf der Sandbank? - Du Lust**Molch**!!!
Oder hat dein **Seeteufel** Lunte ge**Rochen** und unternimmt **Stör**versuche, geht dir gar an den **Kraken**? Mein lieber **Scholli**!!!"

„Glotz nicht so **Barsch, Knurrhahn**, sonst steck' ich dir die **Seezunge** raus! Wer die **Wal** hat, hat die **Quall**'!"

„**He, Ring**, alter **Plattfisch**,
was hast'n da in der Flosse?"

„Ick hev 'n **Kabel, jau**, de **Zitterrochen** wedda uplod. Dor künne **Ma krele**!"

„**Brasse**, du bist hier nicht in 'ner Brasserie! Friss langsam, sonst bekommst du wieder **Dorsch**fall, **Pirana**!"
„**Bachforelle**, bau mal die **Hai**-Viehanlage auf, wir wollen heute Abend die Brandenburgischen Konzerte hören."

„Hat noch jemand einen **Hai**-ratsantrag?"
„Still!!! - hört ihr den **Wobbelgong**?"
„Auf die **Plötze**, fertig, los!"

Das Treffen der Fische in der **Hai**-school
war beendet.

Künstler

Nervig die oft gestellte Frage:
„Da sind Sie also K Ü N S T L E R ... ?!?!"
Und es folgt ein Katalog von abstrusen Meinungen,
verbunden mit einem süffisanten Lächeln.
Wenn ich aber erzähle, dass ich im Herbst in mei-
nem Grundstück ca. 140 Schubkarren,
aufgetürmt mit Laub, zusammenreche,
das verstehen alle und zollen Respekt.
Ab jetzt werde ich mich Rechenkünstler nennen.
(Adam Ries wird's mir verzeihen.)

Gemeinsamkeit

Künstler haben ja ihren Ruf weg.
Die von der Politik natürlich auch.
Beide müssen einen Poly-Tick haben!

Generalreparatur

Die alte Turmuhr war kaputt.
Man rief zwei Spezialisten.
Die packten aus ihr Handwerkszeug
und zehn Ersatzteilkisten.
Der eine schwur auf Tik-Tak,
der and're mehr auf Tak-Tik,
das schien auch ganz egal.
Doch als die Turmuhr wieder ging,
nannt' sich der eine **Uhrmacher**,
der and're **General**.

Teezeit

Ein Teenager vom Teegernsee
nagte an einem Stück Teeflon zum Tee.
Da klingelte das Teelefon:
„Hallo, hier ist ein Teenie, bekannt
von Teeater und Teele wischen,
bin sehr teelegen und inteeligent inzwischen.
Mein Freund Teeodor ist adlig und Teelegraf,
gelernter Teeologe und Gottes Schaf.
Ein großes Teelicht, kein Teema.
Und ich bin solange in seine Teesen verliebt,
bis er einmal den Teelöffel abgibt!

SONNENUHR FÜR TRÜBE TAGE

Verlegen

Mein verlegener Verleger gestand,
er habe den gesamten Text verlegt!
Dabei sollte er mein Buch verlegen
und nicht unauffindbar verlegen.
Das war mein geistiges Vermögen
über Vorlieben und Vorleben!
Mein Herz fing an zu beben.

Da kam mir ein Gedanke, ein verwegener,
und ich bin doch kein Unterlegener.
Wir verlegen, (eh' ich ihn ermorde),
ein leeres Buch, ganz ohne Worte!

Da tobte der verlogene Verleger
wie ein Pandemieerreger.

Nicht dumm

Manchmal ist es im Leben nützlich,
den Betriebsschalter auf **dumm** zu stellen.
Aber: entweder ich find' ihn nicht,
oder er klemmt, oder ich bin zu dumm!

Viele Glückliche kann man nur beneiden,
weil sie gar nicht erst umschalten müssen.

Wünsche

Für's Portemonnaie eine Goldmine
Für meine Schuhe keine Tretmine
Für meinen Kuli keine leere Mine
Zum bösen Spiel eine gute Miene
Für meinen Körper mehr Vitamine
Und ansonsten: weniger Termine!

Trauma

Die Wäsche zappelte wild an der Leine,
so, wie man es ganz selten sah.
Das ist doch logisch, dachte die Hausfrau,
jetzt hat sie ein Schleudertrauma.

Arm

Manche behaupten:
Steine sind grau und Stare schwarz.

Wir sollten diesen Blindgängern die
Augen öffnen - oder lieber nicht ...

Die Vielfalt könnte sie erschlagen.

Rechtsfrage

Manche haben zwei linke Hände.
Das kann man mit „Köpfchen" ausgleichen.
Andere aber haben zwei linke Hände
und nichts im Kopf!
Die müssen sich ja nach **rechts** orientieren
um nicht umzukippen!

Sein und Haben

Manche könnten es gut haben,
wenn sie zum Guthaben noch ein Gut haben.

Keine Wahl

Demokratie ist oft umständlich, nervend und trist.
Aber das Andere hatten wir ja schon.
Viele wollen sich nur nicht mehr erinnern!

Steigerung

Gescheit - gescheiter - gescheitert!

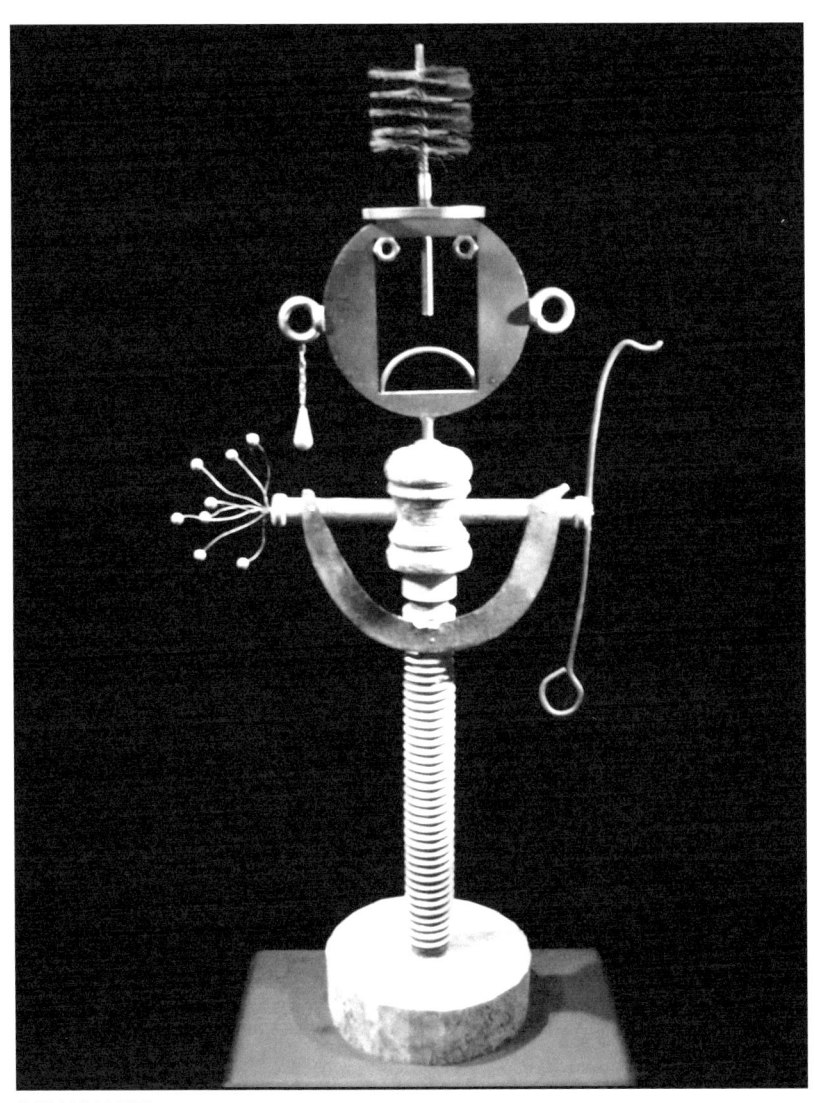

SCHAMANE

bruno banani

Ein Beutel Äpfel stand ganz frisch
beim Zoll zur Durchsicht auf dem Tisch.
Nur einer, der war faul, wie schade,
denn aus ihm kroch 'ne fette Made,
weil's in dem Apfel war zu eng.
Das sah der Zöllner und fragt streng:
„Wie heißen Sie, wo komm' Sie her? -
Ihre Papiere, bitte sehr!"

„Könn' Sie nicht lesen, guter Mann,
das steht doch auf dem Beutel dran.
Mein Name ist **bruno banani**,
und weiter: **Made in Germany**!

Versteckte Kamera

Mit zunehmendem Alter erlebe ich Situationen, wo
ich denke: aha, **Versteckte Kamera**!
Aber kein grinsender Fernsehonkel löst den „Spaß".
Es bleibt bei meiner ernsten Miene.

Nur ganz zum Schluss wird ein abgenagter Herr
auftreten, der so ernst dreinschaut,
dass ich mich totlachen kann!
Doch: es ist nicht Kurt Felix...

Paralyse

Ich ging mit meiner Paralyse
parallel über die Wiese,
als Paar, ganz wie im Paradiese.
20° Paracelsius war die Luft,
wie Parafüm der Blumenduft.
Ich gab ihr eine Paranuss,
sie mir einen Paradekuss.

Das ist doch alles paranoid,
wenn man es parabolisch sieht:
Sie dummes Schaf, ich alter Ochs.
 - Das Leben ist schon paradox!

Ganz nett

Wenn 'ch nur nicht so'n Hintern hätt'.
Das kommt vom vielen Rindermett
und ist bei mir das Winterfett.
Ich pass' nicht mehr in's Kinderbett!

Wie ich mich armen Sünder rett'?
Ich geh' einfach in's Internet
und google mir ein Finderset
- schon find ich schlanke Inder nett!

Desinteresse

Die Mächtigen umgeben sich oft mit Schranzen.
Geheimdienste verkabeln (wie immer) mit Wanzen.
Die Politik lässt die Puppen tanzen
und bricht für die notleidenden Banken Lanzen,
damit diese vervielfachen ihre Finanzen!

Auf der Sonne toben Protuberanzen ...

Die Reichen schlagen sich voll ihre Pansen,
die Armen haben erst gar keine Chancen …

Doch viele wollen nichts wissen
vom Großen und Ganzen!

Spielraum

Die Spanne des menschlichen Charakters
reicht nur von Edel bis Ekel.

Rohkost

Dioxin, Gammelfleisch und ekliges Zeuch,
„Vegetarier aller Länder, vereinigt Euch!"

TERPSICHORE AUF DEM DELPHIN

Becquerel (Bäcker Rell)

Möcht' ich Brötchen früh ganz schnell,
gehe ich zum Bäcker Rell.
Und schon während ich bezahle
merk ich, wie ich förmlich strahle.

Der bekannte Bäcker Rell
bäckt alles täglich frisch und schnell.
Und hat der Laden mal nicht auf,
sprech' ich auf seine Mehlbox drauf.

Innovativ ist Bäcker Rell.
Im Herbst, wenn bunte Blätter fallen,
sammelt er Laub von jedem Zweig,
daraus macht er dann Blätterteig.

Der Geheimdienst ist ja hell.
Er observiert den Bäcker Rell
als einen subversiven Mann,
der Eisbomben herstellen kann.

Erneuerbare Energien
für Bäcker Rell ganz wichtig sind.
Und wie der Name sagt, geschwind,
füllt er die Beutel jetzt mit Wind.

Hat Rell im Haus mal sehr viel Plunder,
so macht er daraus kleine Wunder.
Er schneidet's klein für seinen Zweck
und bäckt daraus Plundergebäck.

Rell geht zu Weihnacht in die Vollen
und bäckt tolle Weihnachtsstollen.
„Mit Rosinen?" Ich ihn frag.
„Mit Mandel, hab' Mandeltarifvertrag."

„Ich mach ooch scheene Predchen",
fiel ein Sachse Rell ins Wort.
„Ah, da sind wir wohl Kollegen?"
„Nee, ich bin dor Farrer hier im Ort."

Für besondere Ideen
ist Bäcker Rell ja stadtbekannt.
Jeder Imker erhält frisch
gratis bei ihm Bienenstich.

Sein Vorfahr kam ja, wie wir wissen,
als Genius aus der Kernphysik.
Drum steckt Rell bei Pflaumenkuchen
spaltbare Kerne in jedes Sück.

Fototorten sind jetzt „in",
da steckt „Jugend forscht" mit drin.
Drum bäckt die auch sein Lehrling Maik,
macht sie mit Photovoltaik.

Frauen

Frauen sind wie Kunstwerke:
Schön zu betrachten, oft bewundert,
teilweise retuschiert, manchmal gefälscht,
im Allgemeinen sehr teuer, kaum zu versichern,
leicht zu verletzen, schwer zu verstehen,
immer ein Blickfang, Objekt der Begierde,
Stolz der Sammler, Hobby der Mäzene,
Mittelpunkt der Öffentlichkeit ...
Beide fallen auch manchmal aus dem Rahmen ...

...und wer mit ihnen auskommt,
kann nur ein Künstler sein!

Tanten

Drei alte, fiese Tanten
machten im Fernseh'n Fisimatenten.
Aber man merkte gleich:
Es waren Fisimatunten.

Open Air

„Mögen Sie Open Air?"
„Jaaa, na klar, unten Sie und oben Er!"

DREI ALTE SCHRAUBEN BEIM KAFFEE

Der Floh

Aus einem kleinen Streichelzoo
entsprang ein fetter Hundefloh.
Sein Stammplatz war bisher der Po
vom Zoohaushofhund, dem Bello.

Über die Freiheit war er froh,
weil er als Floh vom Zoo ja floh.
Zunächst entdeckt' er ein Bistro
und bestellt „Café to go".

Bei Kaffee ist das aber so,
denn plötzlich musste er auf's Klo ...
Weil er nicht wusste wie und wo,
pinkelt' er vor's Fundbüro
der Firma Findemich & Co.

Herr Co, der sah's und packt' ihn roh
und bracht' zurück ihn in den Zoo.
Hund Bello aber sagte: „No,
nicht mehr auf meinen werten Po!"

Händel

Händel war ein Messie aus Halle.
Er komponierte den „Messias" mit dem „Halleluja".

Fundbüro

Es ging in ein Büro für Funde
zu vorgerückter Tagesstunde
ein Herr, denn er verlor zwei Hunde,
so kleine, dicke, fette, runde.

Er war bekannt als guter Kunde,
verlor er schon acht Schlüsselbunde.
Vergesslichkeit war seine Wunde.

Kopfstand

Im Atelier am Ammersee
ich Baselitz oft jammern seh'.
„Es muss was ganz, ganz Neues sein,
was noch Niemandem fiel ein."

Er malte Bilder im Kopfstand! ! !

Doch jeder deutsche Dussel fand,
die hängen falschrum an der Wand.

Macht man in Basel einen Witz,
ist der bestimmt von Baselitz ...

Göttliches

Manchmal wünschte ich mir schon,
dass es einen „Gott" gäbe,
der alles sieht: Recht und Unrecht.
So eine Art Schiedsrichter.

... Aber wenn ich mir Samstags Fußball ansehe,
mit oft unverständlichen Entscheidungen der
Schiris - da bleib' ich lieber gläubiger Atheist.

Zwiebeln

Der Weimarer Zwiebelmarkt
ist landläufig berühmt.
Schon Goethe schrieb darüber:
„Schalotte in Weimar".

Gunststück

Hast' in der Schule nur geschlunst
und alle Prüfungen verhunzt,
mit and'ren Worten: keinen Dunst,
dann mache doch in Sachen „Kunst".
So steigst du in der Meinungsgunst!

TOTEM

I. Akt (I. Aufzug)

„In diesem Aufzug kommen Sie nicht in den Aufzug.
Auch nicht vom Loft mit dem Lift an die Luft!
Ihre Klamotten, die riechen nach Motten
oder Karotten, die langsam verrotten!
Nehm' Sie mit Ihrem Rollstuhl am besten den
Fahrstuhl am Ende des Stuhlgangs!"
!!!!!!!!!!!!!!!!!!!!

Die Atmosphäre war vergiftet!
Der Liftboy war kein richtiger,
der Boy war nur geliftet!

Retro

Nach dem Neolithikum kamen noch viele Neostile.
Heute haben wir Neopren und Neo Rauch.

Seltsam

Ein Amboss und ein Imbus
fuhren zusammen im Bus
zu ihrem eigenen Imbiss.
Dort spielt der Boss am Bass.

Senior

Wie schön hat man's als Senior.
Denkt lächelnd an die Zeit davor,
da nannte man dich Junior,
stand'st deinen Mann im Fußballtor,
jetzt bist du selber oft der Tor.
Sahst Fernseh'n schwarz und nicht color,
gingst ins Theater zu Klingsor,
doch heute klingt dir nur das Ohr.
Sangst als Tenor im Männerchor,
nun wärmst du dich am Ofenrohr.
Sorgst mehr für die Gesundheit vor.
Trägst fleißig Proben ins Labor,
denkst an die Frau, die dich erkor
und lebenslange Treue schwor
 - bis sie den Verstand verlor.

Jetzt kaufst du langsam Trauerflor,
denn nicht mehr lang, liegst du in Chlor
o Form, was sonst, na klor!

Sinn

Viele Sinne verkümmern im Alter.
Manche aber entwickeln sich prächtig,
zum Beispiel der Starrsinn und der Schwachsinn.

Traum

Wenn ich im warmen Bette liege
und meinen Schweinehund besiege,
da träum' ich wunderbare Sachen,
die alten Männern Freude machen.
Und früh, da ist mir manchmal so.
Ich nenn' es „Latte Macchiato".

Alter

Im Alter wird man doch bequemer,
der Kopf lässt nach, der Rücken sticht,
auch äußerlich wird man nicht schöner,
und in die Finger kriecht die Gicht.
Da war doch noch was, bitte sehr,
was halten Sie vom Greisverkehr?

Verstimmung

Das ganze Orchester war verstimmt,
es spielte nicht mehr so mit Schwung.
Die erste Geige war dran schuld,
sie hatte einen Saitensprung!

ALTER AUS BOCKWEN

Mein Garten

Der lehmige Boden, durchsetzt mit Glimmerschiefer,
im Sommer gefühlt wie Beton.
Wühlmäuse und Schnecken rennen
von allen vier Ecken herbei, unterminieren
und fressen und fressen...
„Niedliche" Rehe goutieren nur das Beste: Rosen-
knospen, Astilben und andere Delikatessen.
Sie betrachten meinen Garten
längst als ihr „Reh-fugium".
Riesige Bäume lassen Unmengen Samen fallen,
jede Ahornnase wird ein neuer Trieb!
Im Frühjahr tausende Setzlinge handverlesen.
Das Laub schüttet alles zu und fault,
wenn nicht beseitigt.
Der nasse Schnee im Winter bricht vieles nieder.
Der Rücken schmerzt, die Knie knacken,
aber: ich liebe meinen Garten!
Ohne ihn hätte ich schon längst aufgegeben ...

Depression

Depression
ist die Impression
einer Kompression
von Geist und Seele.

Russe

Gibt's mit der Steuer einmal Streit,
erkläre ich mich auch bereit.
Ich rufe schnell bei Putin an,
der ist dafür der richt'ge Mann,
und teil ihm mit meinen Beschluss:
Ich wäre auch ein guter Russ'!

Doping

Ein Tanzpaar wurde überführt,
doch sie bestritten das indessen.
Die Jury, die blieb ungerührt:
Urteil: Linksdrehenden Joghurt gegessen!

Komm Post

Ich habe in meinem Garten drei Komposthaufen.
Bin ich nun Komposter, Kompostierer oder gar
Komponist? (Wegen der Nisthilfen)

Auf jeden Fall werde ich den Jakobsweg nach Compostela pilgern. Da habe ich genug Zeit,
mir das Richtige zu überlegen ...

Rolle

„Jeder spielt im Leben seine Rolle."
Ein Begriff aus dem Theaterleben.
Aber oft bekommt man eine „Rolle" verpasst,
soll angedachte Erwartungshaltungen erfüllen,
wird klischeehaft auf einen Typ festgelegt,
wie in der Commedia dell'arte.
Und wenn man nicht aufpasst,
lebt man sich nicht mehr selbst!

Deshalb habe ich beschlossen
„Textbuch und Rolle" abzugeben,
mein Leben frei zu improvisieren,
ohne Rücksicht auf's Publikum.
Sozusagen eine Rolle rückwärts!

Und was andere davon halten -
das spielt doch keine Rolle!

Starallüren

Ich träumte oft, ich wär ein Star.
Das Leben wäre wunderbar!
Riesige Scharen hinzukriegen,
die mit mir dann nach Süden fliegen.

AUS DEM KASTEN GEFLOGEN

Ohne Belehrung

Zwei kleine braune Bären
wollten mal Beeren verzehren.
Der Strauch macht' keine Affären
und ließ sie also gewähren,
ohne sie zu belehren,
dass Früchte im Bauch gären
und das Unwohlsein vermehren.

Da gab es dicke, fette Zähren
doch auch das wird bald verjähren.

Ästhetisch?

Also, da müssense sich schon entscheiden:
Entweder **Esstisch** oder **Teetisch**.
Beides zusamm könnse nich hamm!

Van Delft

Vermeer war ein großer Maler.
Vorbild für Generationen.
Also: vermeert Euch, aber vermeert nix!

Abseits

Ist das nicht aufregend???!!!
Mein Freund lädt mich zum Fußball ein!
Hab' mir gleich ein Ballkleid gekauft
und Hai-Hiels, falls es Fußnoten gibt!

Wissen Sie denn überhaupt, was „Abseits" ist?

Na selbstverständlich!!!
Mein Freund sagt, ich sollte im Wippbereich
mit einem Glas Sekt in der Hand
etwas abseits stehen!

Narzissmus

Wenn doch alle so wären wie ich,
dacht' als Junge ich oft für mich.
Es würden sich alle Menschen versteh'n,
kein Zwist, kein Zank, kein Leid, kein Vergeh'n.
Mit allen Problemen wäre dann Schluss,
fast so 'ne Art Kommunismus.

Wenn doch alle so wären wie ich??? -
Schrecklicher Gedanke, fürchterlich!

Vernissage

Zur Vernissage gab's Schnittchen mit Fromage.
Ölschinken und eine Assemblage,
Cola und 'ne besondere Collage,
gedacht als glänzende Hommage
an eine nichtssagende Visage!

Der Künstler malte mit Courage,
und dacht' dabei an sein Image,
verhindert' letztlich die Blamage.
- Am Ende stimmt auch noch die Gage.

Documenta

Auf der 13. Documenta in Kassel
kam ein Künstler auf die geniale Idee,
einen „leichten Wind" durch die Räume des Frideri-
cianum blasen zu lassen. Toller Einfall!

Das mache ich jeden Tag!
... lüfte aber anschließend,
und sorge so für gutes Klima.
Bisher wußte ich nur noch nicht,
dass es sich dabei um „Kunst" handelt.

FAMILIENAUSFLUG ALS SCHLÜSSELERLEBNIS

Dual

Es war einmal ein Eh'gemahl,
der stand erschreckt zum ersten Mal
vor einer Jubiläumszahl.
(Was in der Ehe ganz normal.)
Die zu vergessen wär' fatal
und ein Faux Pas so ganz pauschal.
Er wandt sich zwar noch wie ein Aal,
wer keine Wahl hat, hat die Qual!
Und war auch sein Budget recht schmal,
lief er zum Shoppingterminal,
kauft' einen Ring mit 'nem Opal
und einen teuren Seidenschal.
Darauf steht seine Frau total,
drum ist ihm auch der Preis egal.
Erst wollt' er feiern im Lokal,
mit „Public Viewing" auf Kanal,
wo's Fußball gibt um den Pokal.
Doch schien ihm dieses zu banal,
und Fastfood wäre auch trivial.
Deshalb bestellt er einen Saal
im schönen Oberwiesenthal,
mit feinsten Sachen, ganz spezial,
zum Silberhochzeitsfesttagsmahl!
Und seine Frau fand das genial:
Es gibt noch Männer mit Moral,
und dem nöt'gen Potenzial,
für Ehefrauen ganz ideal!

Nicht Jeder

Nicht jeder Hosenscheißer
wird später einmal Kaiser.

Nicht jeder Opernsänger
ist zur Premiere heiser.

Nicht jede Aufführung
wird der erhoffte Reißer.

Nicht jeder schwarze Mensch
möch' lieber sein ein Weißer.

Nicht jeder ohne Zähne
zählt noch als guter Beißer.

Nicht jede gute Ehefrau
spricht mit der Zeit auch leiser.

Doch mancher eitle Dummkopf
gibt oft sich aus als Weiser.

Weisheit

Mer hamm Schnie,
's is weiß heit.

Rückblick

Zu DDR-Zeiten?
Ich hatte nichts besonderes auszustehen.
Theater war so 'ne Art Narreninsel.
An vieles hatte man sich gewöhnt.
Manchmal war vielleicht zu viel
„Einsicht in die Notwendigkeit" ...

Was mich aber heute noch wütend macht:
Von welchen Trotteln wir regiert wurden!

Unvermögen

Nicht immer bedeutet Unvermögen:
Dummheit, Faulheit, Talentlosigkeit.
Unvermögen kann auch sein:
Intelligenz, Fleiß, Kreativität,
aber: Kein Geld - eben Unvermögen!

Skandal

Nach dem Transplantationsskandal in vielen
deutschen Kliniken verstehe ich,
was **organ**isiertes Verbrechen ist!

SATHANAEL

Organspende

Trotz verständlichen Zögerns
werde ich jetzt auch Organspender.
Alles könn'se haben - außer dem **einen** Organ!
Es gäbe von mir natürlich Auflagen:
Die Leber müsste noch etwas angeschmort werden,
damit sich der Alkohol verflüchtigt,
beziehungsweise in Alkohol eingelegt werden,
wenn es für einen Musiker sein soll.
Briten sind ausgeschlossen,
die haben dafür eine eigene Partei.
Die Nieren bekommt nur einer mit Manieren!
Reiner Calmund, ich mag' en, bekäme meinen **Magen**.
Der hat zwar schon viele wie's scheint,
aber für's Dessert reicht meiner auch.
Mein Herz bekommt einer eingepflanzt,
der vorher ein kaltes Herz aus Stein hatte.
(Der „verkehrte Holländermichel" -
kein Wunder bei meinem Namen.)
Die Milz wäre für einen Milizionär,
und **die Lungen** für solche Menschen,
denen im Leben vieles misslungen.

Alles könn'se haben - aber nicht das **eine Organ**!
Es ist mir fast genierlich:

Ich habe noch ein **Organ des Zentralkomitees der ...**

Erfolg

Ich fuhr zur Kur nach Franzensbad.
Lahm und mit Rheuma kam ich an.
Doch mit der Zeit ging's mir viel besser,
das Moor hat seine Schuldigkeit getan!

Kein Yeti

Ich eigne mich nicht als Schneemensch.
Würde lieber in meinem „Bau" ausharren,
an den gebunkerten Vorräten knabbern
und erst im Frühjahr die Schneeglöckchen läuten.

Wenn Weihnachten der Schnee „leise rieselt",
das mag ich auch, die friedliche Stimmung.
Aber in letzter Zeit rieselt er nicht mehr.
Er weht und drückt und bricht und kracht.

Die Zerstörung im Garten tut mir körperlich weh,
zusätzlich zum gnadenlosen Schneeschippischias.
Bei all diesen Unbillen kann man sich selbst
nur noch auf die Schippe nehmen!

Handicap

Viele Menschen haben ein Handicap,
durch Krankheit, Unfall oder von Geburt an.
„Man muss lernen, damit zu leben!"
Leichter gesagt als getan.

Viele Menschen aber haben ein **Handy**cap,
selbst gewollt, drogenhaft geliebt.
Menschliche Kontakte nur noch über Handy!
Und wenn man es ihnen wegnehmen würde,

dann hätten sie ein Handicap ...

Ungerecht

Täglich muss ich bei meinem Frühlingsstrauß
die Tulpen abschneiden.
die wachsen und wachsen...

Meine Biertulpen hingegen
scheinen immer kleiner zu werden.

GROSSER HIRSCH

Bernstein

Kennen Sie Bernstein?
Nein, nicht den Musiker und Dirigenten.
Das ehemals klebrige, ordinäre Zeugs,
was jetzt vom Meer ausgespuckt wird
und dann am Strand zu finden ist.
Wenn man es findet!!!
Denn Heerscharen von Liebhabern und Sammlern
stochern und stieren angespannt nach unten.
(Man könnte das Wasser ablassen,
keiner würde es bemerken!)
Jetzt verrate ich Ihnen einen Trick:
Stecken Sie paar große braune Kandiszucker ein,
und lassen diese unbemerkt fallen ...
Solch ein Euphoriegeschrei erleben Sie selten!
... Ich habe aber auch schon böse Blicke geerntet.

Urlaub

Im Schiefer fand man ein Stück Laub,
versteinert und Millionen Jahre alt.
Ansonsten war der Rest des Steines taub,
außer dem Blatt, dem mein Int´resse galt,
weil ich zuerst gar nicht gedacht hab´,
dass es zu dieser Zeit schon **Urlaub** gab!

Der Koffer

Neulich hatte ich doch im Hauptbahnhof
einen „Koffer" abgestellt,
wenn Sie verstehen, was ich meine!?!?

Eiligst wollte ich mich davonstehlen,
doch plötzlich erstarrte ich!
Wenn jemand den herrenlosen Koffer entdeckt
und der Polizei meldet,
rücken die gleich mit Sonderkommandos an,
um ihn zu sprengen! Bei der Gaskonzentration!
Es könnte den Bahnhof in die Luft jagen!!!
Also stellte ich mich artig
wieder neben meinen „Koffer",
lief blau an, und wartete geduldig,
bis die Luft rein war.

Genießer

Wenn der Tag zu Ende geht,
eine leichte Brise weht
und sich sanft das Segel bläht,
wickle ich mich in mein Plaid,
nehm´ einen Whisky vom Tablett,
genieß´ das Leben - bin doch nicht blöd!

Kein Kommentar

Was sind das nur für Menschen,
die alles kommentieren.
Das, was jeder eh schon sieht
nochmals zerparlieren!

Keine eigenen Gedanken,
in der Schule nur Vieren,
kein Wissen um die Dinge,
aber alles kommentieren!

1929

Da schrieb die Liebste in 'nem Briefe,
dass im Moment so gar nichts liefe.
Und damit endetet die Süße:
„Hab dich lieb und fühle Krise!"

Weihnachten eines Fußballers

Unten tief im Bergwerksstollen
gibt´s Kaffee, Glühwein, Mandelstollen
und Fußballschuh´ mit neuen Stollen,
denn bald geht´s wieder in die Vollen.

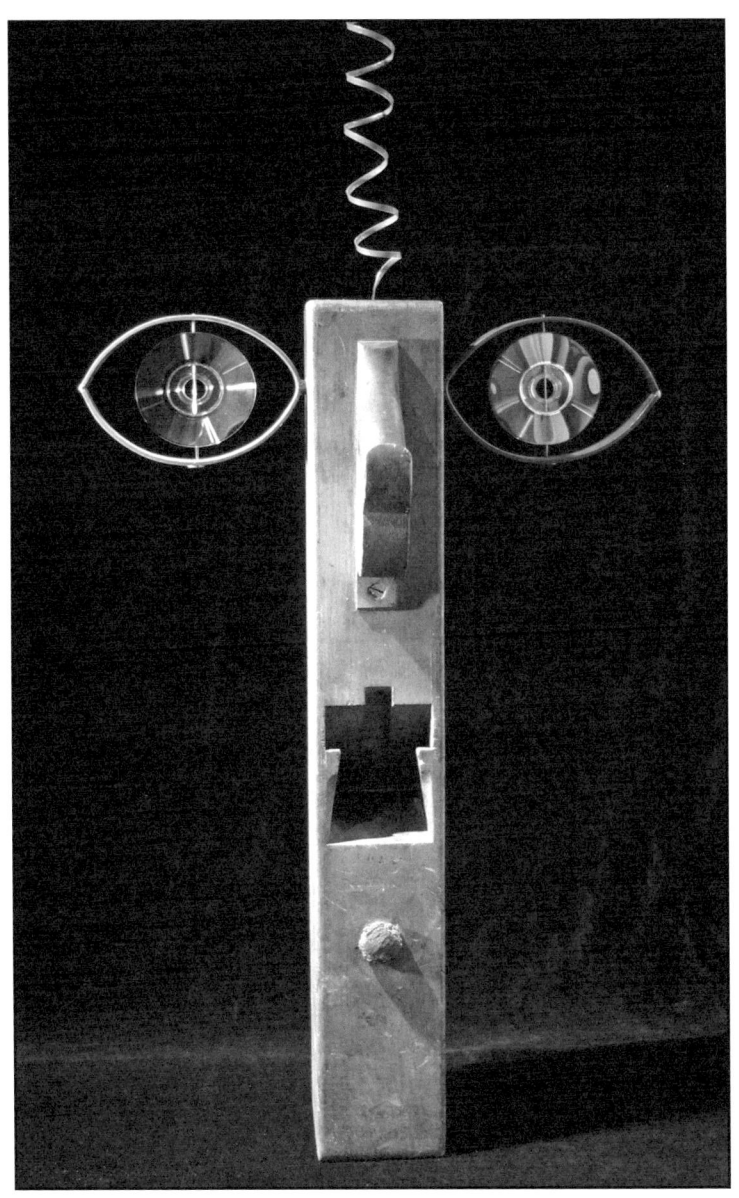

AUSSERIRDISCHER

Park

Mister Parker hatte einen Sohn und Parkinson.
Beide fuhren zum Spazierengehen in den Park.
Da dort Parkverbot war, fuhren sie auf den Park-
platz, bezahlten die Parkgebühr, stellten die Parkuhr
und gingen die paar Schritte bis zum Parktor,
bezahlten wieder Parkgebühr, betraten den Park
und liefen den gleichen Parcours wie die paar Kur-
gäste.
Die Parkuhr schlug fünf. Es fing an zu nieseln,
aber sie hatten zum Glück ihren Parka an,
Parker und sein Sohn.

Männer

Da fragt mich doch neulich so ein Matscho,
ob ich sowas wie Sittenkarten hätte,
und meinen Strichkot kenne!

- Männer sind Schweine!

Nobel

Jetzt gibt es auch den No-bell-Preis für Hunde.
Aber Hunde, die nicht bellen, beißen!

Don

Es gibt die Don Kosaken und die Don Quichotten.
Letztere mussten schließlich den Don verlassen.
Da gab es kein Pardon!
Sie zogen gen Westen, gründeten Schottland
und machten die Schotten dicht.
(Nur einer verlief sich
und kämpfte in der MANCHA gegen Windmühlen.)
Die Kosaken durften am Don bleiben,
mussten aber ihre Zipfel abgeben,
weil Herr Loriot daraus eine Nachspeise machte.

Heiter

Ein bekannter Damenschneider
näht für Damen Abendkleider.
Manche wollten's etwas breiter,
andere die Taille weiter
und so weiter, und so weiter ...

Doch wie's oft so ist, leider,
hatte er auch viele Neider
auf der Haute-Couture-Leiter.
Er war aber Streitvermeider,
und nahm's heiter, und nahm's heiter.

Makel

Früher war Halbwissen ein Makel.
Heute würde ich was drum geben!

Frei nach www.goe.de

Über allen Gipfeln ist Ruh'.
In allen Wipfels spürest du
kaum ein Hauch.
Die Vögelein zwitschern im Walde,
warte nur,
balde twitterst du auch.

Frühlingserwachen

Früh links erwachen,
ist das rechtens?

Auwei

Ein bekannter Nackedei
beging 'mal eine Narretei,
denn er ließ sein Konterfei
bemalen von Herrn Ai Weiwei.

Deutsche Sprache

Ich bin verlegen
Ich habe mich verlegen
Ich werde ein Buch verlegen
Ich hoffe, dieses Buch nicht zu verlegen

STRANDWÄCHTER

Bingo

Ein junger Mungo fraß 'ne Mango,
sein Manko aber war der Tango.

Wenn man als Moderator einen S-Fehler,
und als Model einen Essfehler hat,
sollte man den Job wechseln
und zur S-Bahn gehen!

Genieße das Leben in vollen Zügen,
der Bahnchef wird dir zu Füßen liegen.

Europa den Europäern,
Asien den Asietten!

Manche Ehe endet in ihrer Herrlichkeit
nicht wegen zu wenig Männlichkeit,
sondern zu viel Dämlichkeit!

Was singen die Erpel auf dieser Welt?
„Entchen von Tharau ist's, die mir gefällt.“

Zu DDR-Zeiten gab es zwar Störversuche,
aber es kam kein Kaviar dabei raus.

Und immer den richtigen Spruch drauf,
das wäre so schön gewesen,
„Last but not least“,
(James Last konnt´ nicht lesen)

Die Gretchenfrage

„Wie hältst du's mit der Religion?"
Ist sie das Opium des Volkes?
Und welche Religion, und welcher **Gott**?
Und wie sieht er aus, **der Gott**?
Ein alter Mann mit Bart?
Quetzalcoatl als gefiederte Schlange?
Eine Sphinx, halb Mensch, halb Tier?
Der „Erleuchtete" Siddharta Gautama?
Das ist doch völlig egal...

Oder besteht Gott nur aus Energie?
Strahlende Teilchen, Atome, Quarks,
schwarze Löcher und Quantengravitation?
Steckt Gott in uns und in der Natur?
Das ist doch völlig egal...

Nur: glauben sollte der Mensch an **etwas**,
die Vision mit seiner Fantasie ausfüllen,
und wissen, dass eine **Ordnung** existiert,
die er im Grundsatz nicht beeinflussen kann.

Und ob es die Tafeln von Moses sind,
der Kalender der Maya,
die eigene Erleuchtung
oder die Lehren von Ethik und Moral,

Das ist doch völlig egal...

Danach

Früher war es relativ leicht,
zu entscheiden zwischen Erde und Urne.
Also, von Würmern zerfressen
oder als Pulver in verplombter Dose.

Neulich flatterte ein „Angebot" ins Haus:
Bestattung auf hoher See, unter Bäumen,
auf der Heide, vom Ballon aus, oder:
Unter Druck gebrannt als **Diamant**!

Unter Druck stand ich zu oft im Leben,
war manchmal auch ein „gebranntes Kind",
aber als Diamant? - Nein, bitte nicht!
Das Schleifen tut bestimmt weh.

Ich kenne aber diese Typen,
die eingeschlossen im Hochkaräter
sich auch noch nach dem Tode
darstellen und repräsentieren müssen!

Wenn ich die Wahl hätte,
würde meine Asche auf dem Kompost landen,
als Leckerli für Regenwürmer
und Beitrag für den **ewigen Kreislauf** ...

ENGEL UND TEUFEL

belegt

Meine Frau belegt alles!
Jeder freie oder freiwerdende Platz
wird sofort mit irgendwelchem Schnulli belegt.
Sie belegt aber auch Brötchen
und einen Kurs an der Volkshochschule.
Nur ihre Stimmbänder belegt sie nicht selbst.
Es ist ein Virus, wie der Arzt belegt.

Kreuzigung

Früher wurden Menschen ans Kreuz genagelt.
Heute werden sie aus „humanitären" Gründen
nur noch aufs Kreuz gelegt.

Ratschlag

Manche Seniorin sollte lieber „Flüsterasphalt"
anstatt Haftcreme für ihre „Dritten" nehmen.

Lernfähig

Ja, ich bin ein Clown!
Lass' mir jetzt aber nicht mehr
die Butter vom Brot klau'n.

Röhrender Hirsch

Röhrende Hirsche mag ich überhaupt nicht.
Dieses „männlich-brünftige" Potenzgerülpse ...
Allerdings: 3 Tage in Buttermilch eingelegt,
scharf angebraten, Rotwein dazu
und dann ab in die RÖHRE.
So mag ich den „Röhrenden" Hirsch wieder.

Ende

Blinkende Lichter wie zur Jahreswende,
dachte die darüber Staunende,
und fuhr ungebremst aufs Stauende ...

Beipackzettel

Wer sich mit Bedacht vor acht
ohne Vollmacht voll macht
ist mit Macht am Rande
einer vollständigen Ohnmacht.

Erstaunlich

Man dachte, sie kann nicht bis drei zählen,
dann reichte es aber doch bis Sex.

Nachtrag

Ein 3-Sterne-General wurde im Rahmen der Abrüstung zum 3-Sterne-Koch umernannt.

Hier eine Auswahl seiner Spezialitäten:

Fregattensuppe mit Schrotbrötchen
Knallerbsen mit Räucherspeck
Feuertopf mit blauen Bohnen
Scharfe Sache als Geschmacksexplosion
Störkaviar aus der Gulaschkanone
Hummer, ausgelöst im Panzer
Spießbraten mit Catch-up
Völlerschlachtplatte mit Leipziger Allerlei
Gedrillte „Soldatenknöpfe" mit Blutwurst
Steaks vom panischen Kampfbullen
Kaserolle an grüner Kasematte
Lammkeule mit geschossenem Salat
Laues Gekröse mit lautem Getöse
Gerissene Kaiserschmarrnfetzen
Schnitzeljagd mit Bomb Fritz
Offizierfische mit ordentlich Major an
Pik-Ass in Aspik, Stabtomaten, Kapern und Essieg
Geschützte Pflanzen- und Feldsalat
Kriegsbrei mit Zucker und Zimt
Puddingschlappe mit Rumkugeln und Schuss
Sturmbeutel, gefüllt mit Schlagoberst
Eisbomben mit Granatapfel
Bienenstich mit Nusssplittern

Alle Bestellungen kommen wie aus der Pistole geschossen - aber ohne Gewehr!

SPRÜCHE
WIDERSPRÜCHE
UND WIEDER SPRÜCHE

TEIL II

Liebesbrief

Lies, Liese, lies!
Ich komm, und bin Dir gut.
Doch - als ich mein Verlies verließ,
verließ mich auch der Mut.

Laster

Mautgebühr ist aller Laster Anfang.

Ohne Grenzen?

Grenzenlos ist nichts auf Erden,
außer: **Dummheit.**
Grenzenlos ist das Universum.
Aber um mir das vorzustellen,
bin ich einfach zu dumm.

Andy

Ätsch, für Andy nehm' ich jetzt Antiage.

Wirrwarr

Man weiß bald überhaupt nicht mehr,
was man noch darf, ohne zu diskriminieren.
Neger soll man nicht mehr sagen, obwohl das
Wort Negro Schwarzer bedeutet.
Demzufolge muss ich auf die „Negerküsse" verzichten.
Eskimo auch nicht mehr, sondern
Inuit. Die bezeichnen sich aber untereinander
selbst als „Eskimo" (Fischesser).
Auf das geliebte **Zigeuner-Steak** werde ich
jetzt auch noch verzichten, und mein Lieblingslied:
„Arrivederci **Roma** ..." darf ich
auch nicht mehr singen!
Vor Wut rief ich: „Diese Arschlöcher!"
Prompt bekam ich eine Strafanzeige.
Es hätte korrekt heißen müssen:
„... und Arschlöcher**innen**!"
Das war bestimmt Alice Schwarzers letzte Tat
vor ihrer „Entheiligung".
Da steckt nun wieder das Wort „heil" drin ...
Der nächste Ärger ist also vorprogrammiert.

Früher

Früher konnte meine Frau ganz gut Spagat.
Heute kann sie besser Spaghetti.

Bar

Zwei **Sachsen** landeten mit bar Nachbarn
unvorhersehbar in der Nachtbar „Barbarossa".
Alle Ehebare setzten sich barweise
unmittelbar Barderre ins Barkett.

Bar derre, fast barbusige Barbies
servierten Trinkbares und Essbares.
Es roch sonderbar nach Bariser Barfüm.
Mir hatten noch bar Pfenge Bargeld,
die Preise waren machbar,
und so bestellten wir bar Bier, Barbados,
Basta mit Barmesan und Baradieskrem.

Offenbar betrunken machten wir die Kasse
nutzbar zur Barkasse und intonierten eine
Barodie auf die berühmte „Barkarole".
Für den Barkeeper war das unzumutbar.
Bar jeden Grußes verließen alle Barteien
hörbar die Nachtbar.

Das Barometer zeigte 980 Millibar.
Es regnete furchtbar. Da hieß die Barole:
Barhäuptig ohne Barett,
barfuß durch den Bark ins Bett!
Nur Barbara zeigte Erbarmen und hatte einen
Barablü barat.
Vier Bare dankbar unter einem Schirm,-
Wunderbar!

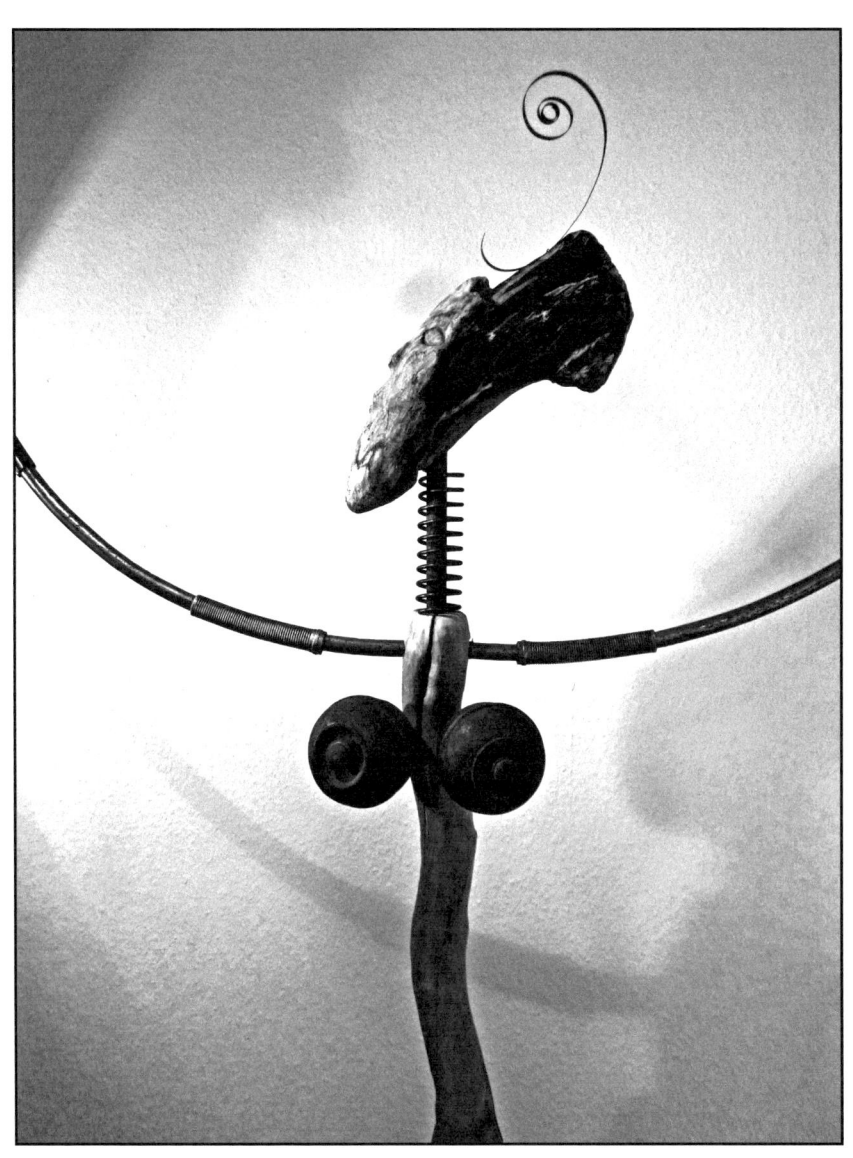

PHARAONIN HATSCHEPSUT

Japaner

Warum begegnen wir so vielen Japanern?
Keine Dorfkirmes, geschweige denn berühmte
Touristenattraktionen ohne Japaner.
Wo man hinsieht: Japaner, Japaner, Japaner ...
Die Antwort ist einfach:
Ihr Land ist so klein, dass gar nicht alle
Platz hätten!
Fast die Hälfte der Bevölkerung muss immer
unterwegs sein. Ablösung etwa wie beim
6-Tage-Rennen. Eine logistische Meisterleistung .
... aber das können die Japaner eben!

Andere Zeiten

In meiner Jugend trällerte's in einer berühmten
Operette: „Ich bin die Christl von
der Post ...“
Heute mailen Jugendliche:
Schick mir das **Crystal** mit der Post!

E-mail

Erich Kästner hätte seinen Bucherfolg heute
sicher „E-m(a)il und die Detektive“ genannt.

Hundeschule

Junge Hunde müssen rechtzeitig erzogen werden.
Also trainierte ich mit meinem „Bernhard" im
offenem Gelände und in geschlossenen Räumen
die gängigen Kommandos.
In einem Kellergewölbe huschte plötzlich eine
Ratte vorbei. Sofort kam mein Kommando:"Fass!"
Bernhard stürzte los --- und verschwand.
Es dauerte seeeehr lange, bis Bernhard zu
meinem Erstaunen mit Kopf und Pfoten wuchtend
ein volles 70-Liter-Fass vor sich herrollte,
mit dem Schwanz wedelte und mich triumphierend
ansah.
So war das ja eigentlich nicht gemeint.
Etwas verwirrt gab ich ihm sein verdientes
Leckerli. Vorsichtig sah ich mich im Gewölbe um.
Niemand da!
Etwas leiser, aber bestimmt sagte ich wieder:
„Fass!"
Binnen Minuten rollte das zweite Fass an.
Da kam mir einen geniale Idee. Ich kaufte in
Souvenirkitschläden alle Miniaturfässchen und
gründete die BERNHARDINER RETTUNGSWACHT.
Aber auch wenn mir mal so ist, oder zu größeren
Festlichkeiten, gehe ich mit Bernhard in
besagten Keller und befehle:
„Bernhard, Fass!"

Diät

Um Missverständnissen vorzubeugen:
Die Bundestagsabgeordneten sollen nicht auf
Diät gesetzt, sondern die Diäten erhöht werden.
Um 830,- Euro pro Monat!!!
Davon kann sich jetzt <u>jeder</u> Abgeordnete
eine <u>eigene</u> Diätköchin halten.
Das schafft Arbeitsplätze - und tät' vielen gut.

Mekka

Mekka, wat heeßt hia „Mekka"?!?
Meene Olle mekkat imma,
is aba nich bei de Islam!

Trampen

Es hat sich so eingebürgert, dass die
Sachsen-Anhalter die Sachsen anhalten, um per
Anhalter z.B. von Dessau nach Magdeburg zu
kommen. Und für die Rückfahrt erwarten sie
von uns auch noch 'ne Retourkutsche.

Das ist anhaltende Ungerechtigkeit.

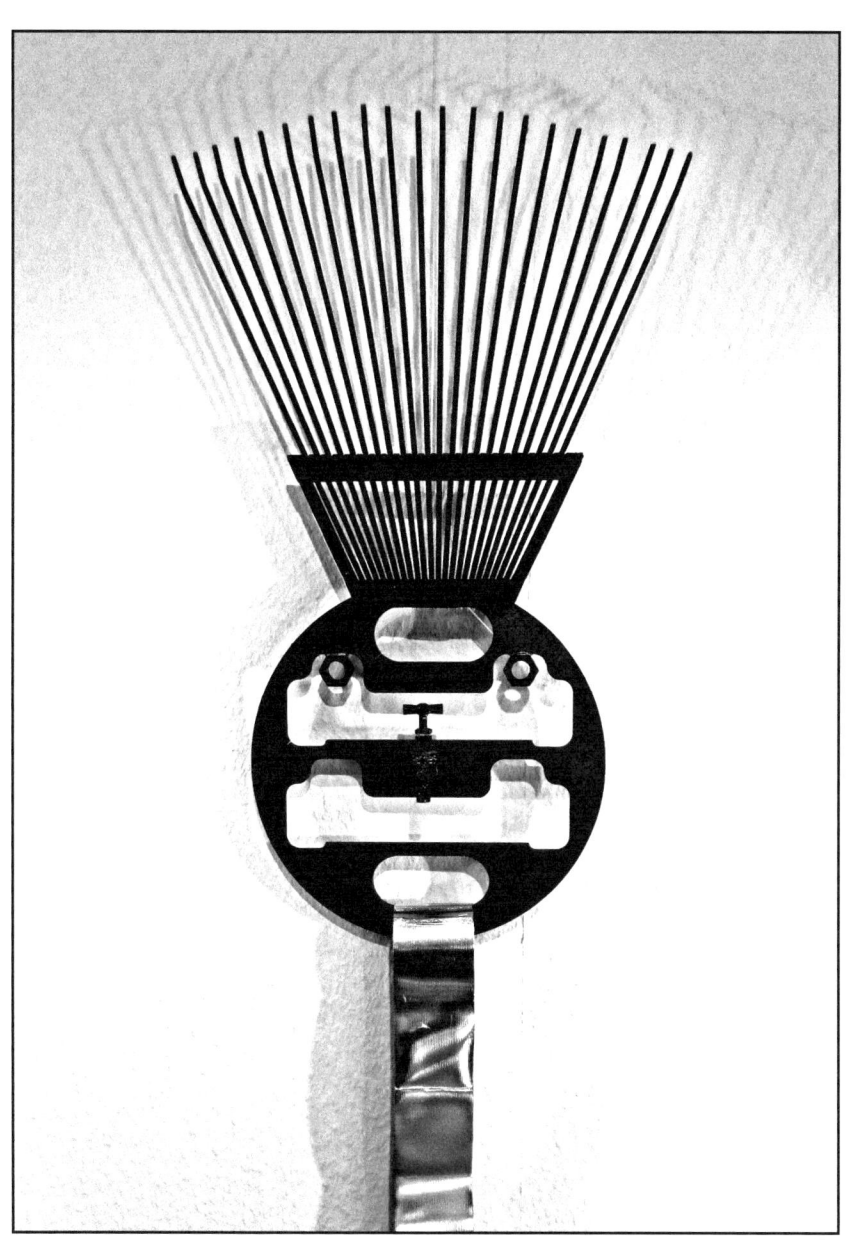

WASSERSPEIER

Komponisten - Komponisten - Komponisten

Komponisten sind schräge Vögel,
die heute noch in Combos nisten.

Rossini komponierte gern,
aber nie ohne paar Bier von Sevilla.

Puccini stammte aus der Toscana,
deshalb schrieb er die Oper „Tosca".

Händel war ein Messie aus Halle. Er hatte
manchmal Hallezinationen, und komponierte
den „Messias" mit dem „Halle-luja".

Händel war ein guter Händler, und vermarktete
seine Kompositionen meist ohne Händel.

Haydn hatte vor der Musik einen Haydnrespekt.

Telemann wäre heute ein Telestar im Television.
Er schuf mehr Werke als Bach und Händel.

Gluck trank leider sehr viel. Gluck - Gluck ...

J. S. Bach liebte wie Bacchus
guten Wein und Bachforellen.

J. S. Bach war zwar kein Maurer, hat aber über
Fähigkeiten verfügt Musik zu verfugen.

Das Urlaubswetter ist wie mein Klavier,
meinte **Bach** - wohltemperiert.

In den letzten Jahren vernachlässigte **J. S. Bach**
sein Amt als Thomaskantor.
Da ging manches den Bach runter.

Verdi steht für den Verismus, und gründete
schon damals die bekannte Gewerkschaft.

Wer die Musik mag, mag **Verdi**.

Verdi ehrte seinen berühmten Landsmann.
In der Partitur steht oft: AN DANTE.

Aus Dankbarkeit wurde ein Berg nach **Verdi**
benannt - der MONTEVERDI.

Bellini machte schon vor fast 200 Jahren
Werbung für NORMA.

Die wenigsten wissen, dass es von **Mozart**
ein Kochbuch gibt, das KÖCHELVERZEICHNIS.

Beethoven wollte mal was Heiteres komponieren
und nannte es „Fidelio". Aber da keiner darüber
lachte, schrieb er nie wieder eine Oper.

Liszt radelte vor Jahren durch die Rapsfelder
der Puszta. Emotional entstanden
DIE UNGARISCHEN R(H)APSODIEN.

Johann Strauß war galant. Aber Rosen gab es
bei ihm nur musikalisch.

Massenet wehrte sich gegen Vielschreiberei.
Sein Motto: Masse - nee!

Bei dem berühmten **Bruchkonzert**
ging schon manche Violine zu Bruch.

„Die Kluge" weiß: **Carl Orff** schrieb nicht „Orpheus".

Egk eckte mit der „Zaubergeige" oft an.

KRUZIFIX

Richard Strauss wollte eigentlich Elektriker
werden, was sich dann bei „Elektra" bestätigte.

Wolf-Ferrari schrieb „Die neugierigen Frauen",
holte sich dabei den „Wolf" und floh
mit seinem Ferrari.

Vivaldis „Die vier Jahreszeiten" mochte
Honecker überhaupt nicht, denn Frühling,
Sommer, Herbst und Winter waren die vier
Hauptfeinde der DDR.

Vivaldi sah im Alter aus wie sein Dackel.
Vivaldi wie „Waldi".

Musik von **Wagner** hört sich manchmal trist an,
meinte Isolde.

Gustav Mahler wollte eigentlich Maler werden.
Aber da das Talent dazu nicht reichte,
blieb er Mahler.

Bizet schuf zu „Carmen" eine Suite.
Bei Gastspielen konnte er darin übernachten.

Nicht <u>nur</u> der Notenschlüssel öffnet den
Zugang zur Musik.

Manch heutigen Schlagerfuzzi interessieren
die Banknoten mehr als die Musiknoten.

Temperamentvoll wie **Chopin** war, knallte er
nach misslungenem Konzert beim Abgang laut
die Tür hinter sich zu.
Ende der Show - Peng!

Wenn sich Musiker streiten kommt, es auch
auf Tonart und Takt an.
Im 3/4-Takt streitet es sich gemütlicher.

Dem jungen Franz war das ganz Schnuppe,
er hieß mit bürgerlichen Namen SUPPE.
Berühmt trug er dann ein Toupet
und nannte sich **Franz von Suppé.**

Der „Wildschütz" ist nicht von <u>Wilde</u>,
sondern von <u>Lord Zing</u>. Der „Freischütz" auch
nicht von <u>Schütz</u>, sondern von <u>Weber</u>.
Die wiederum sind von <u>Hauptmann</u>,
und der von <u>Köpenick</u>.

Va Banque

BANKER nannte man früher BANKERT.
Also, ein uneheliches, meist nicht gewolltes,
armseliges Wesen, verstoßen, gemieden,
nicht gesellschaftsfähig!
Da können Sie mal sehen, wie sich die Zeiten
geändert haben.
Heute zahlen wir Milliarden für die „Spielverluste"
dieser sich rasch entwickelnden
Spezies. Ihnen passiert nichts!
Wie sie das machen, ist ihr BANKGEHEIMNIS.
Obwohl man ihnen (wie in der Schule) Banknoten
gibt, bleiben Banker mit einer 6 nicht sitzen,
sondern schieben's auf die lange Bank.

Ihre Modefarbe ist BANKROT(T).

Sie finden auch immer neue Varianten:
gründeten für Musiker eine Notenbank, für Sexualprotze
eine Samenbank, für Kinder eine Spiel- und
Sandbank, für Hausfrauen eine Reibeisenbank,
für Ungeduldige eine Wartebank, für gewisse
Damen eine (gepolsterte) Gewerbebank, für Altgediente
eine Reservebank, für Installateure
eine Bad Bank, und für Landwirte und Gärtner
eine Komm-März-Bank.

Neuerdings gibt es sogar Meisterschaften im
Bank drücken.

Aber das Geknutsche muss wirklich nicht sein!

MUTIERTER HAHN

Kur

Kurfürst Kurt fuhr mit seiner Kurtisane
an die Kurische Nehrung zur Kur.
Die Sonne schien und warf lange Kurschatten.
Sie fuhren mit der Kurtaxe ins Hotel „Merkur".
Ein Kuratorium von Kurpfuschern wartete bereits
mit kuriosen Kuranwendungen auf sie.
Es kursierten da schlimme Gerüchte ...

Unzufrieden telefonierte Kurfürst Kurt kurzentschlossen
mit der Kurie in Rom.
Kuraschiert kurbelten die an ihren Beziehungen
und schickten kurzerhand einen Kurier zu den
Kurilen, wo Kurfürst und Kurtisane eine
kostenlose Nachkur bekamen.

Für diese Gefälligkeit mussten sie allerdings
nach Kurende
zu Weihnachten beim Papst Kurrende singen.

Umsonst

Neulich machte das Helmholtz-Institut Hub-
schrauberflüge mit Spezialsonden über Süd-
sachsen. Es geht um die Suche nach Wolfram,
Zinn, Zink und Indium.
Aber so sehr sie sich auch bemühten -
Wolfram blieb verschwunden!

Geschäftsidee

Im März werden die Uhren auf Sommerzeit,
Ende Oktober auf Winterzeit umgestellt,
ein sich immer wiederholendes Ritual,
oft verbunden mit viel Aufwand.

Da habe ich eine lukrative Marktlücke
entdeckt: das Umstellen von SONNENUHREN.

Wer hat schon Sonnenuhren?
Na, „Millis" und „Neureichs".
Als „Spezialist" biege ich einfach mit 'ner
Zange den Draht um - fertig!

Dann schreibe ich auf die Rechnung:
Präzisionsanpassung der Anlage zur Umlage
zeitlicher Veränderung alternativer, erneuerbarer
Energie unter Beischaltung von Sonnenwind-
und Protuberanzkollektorleistungen,
einschließlich der Luftleitungsnetznutzungsgebühr,
Konzessions- und Emissionsschutzabgabe
plus Mehrwertsteuer.

Da kommen schnell mal so 1000.- Eur. zusammen.
Bezahlt haben aber bisher alle!!!

Passage nach Passau

Ich passierte im Passgang mit Passwort
und Passeport den Passort.
Ob mit Impfpass, Laufpass oder By-pass,
Hauptsache man hat am Engpass ein passendes
Passbild mit Passepartout im Pass.
Dann sagt der Österreichische Zöllner:
„Passt scho!"

Balina

„Balina" reden gern und viel.
Man muss ihnen nicht erst die „Würmer
aus der Nase ziehen".
Es wären doch sowieso nur „Watt"-würmer.

Wirtuell

Wirtuell ist, wenn dir vom Wirt im Traum
ein kühles Bier gereicht wird,
und es ist nur virtuell.
Da kommt es schnell mal vom Wort-Duell
zum Wirt-duell.

Natürlich alles nur virtuell.

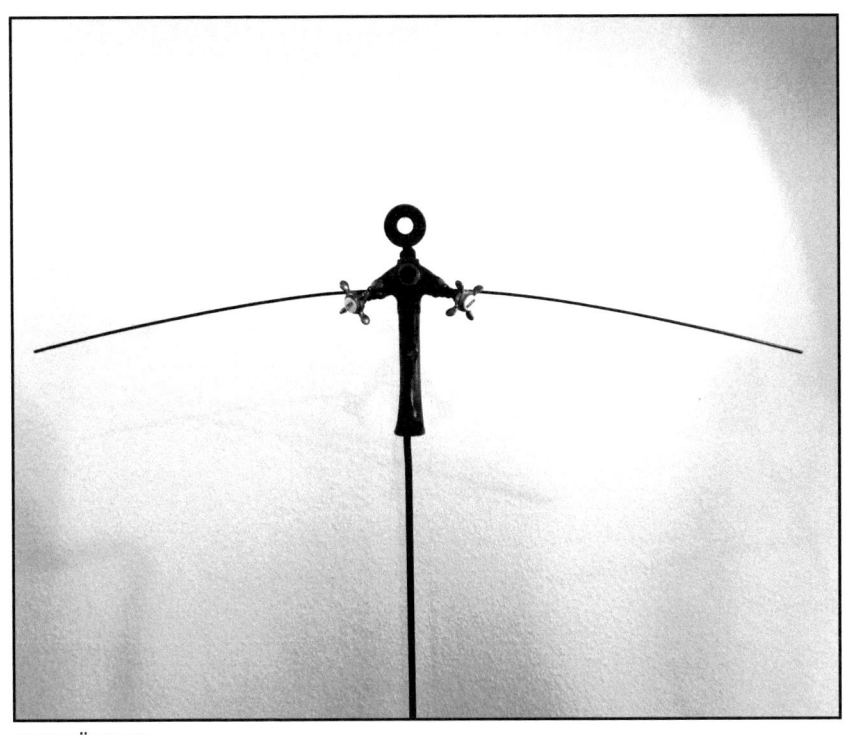

SEILTÄNZER

Hüte

Es ist erwiesen: Hüte sind das Vielseitigste
und Wandelbarste in der Modewelt.
Bestimmt liegt es auch daran, dass in der
Bibel steht „be<u>hüt</u> dich Gott",
aber Gott trägt auf Abbildungen gar keinen
Hut (nur so'n LED-Kranz). Egal -
Frauen nahmen das dankbar und gläubig an.

Alle Royals tragen Hüte. <u>Ohne</u> undenkbar! ! !
Manche erkennt man überhaupt nur am Hut.
Entweder Capote-Hüte, oder Kompott-Hüte,
zuweilen Kompost-Hüte, je nachdem was
aufdrapiert wurde.

Es gibt preisgekrönte, preiswerte und sehr
preisintensive Hüte. Manche sind sooo teuer,
dass ein Hütehund sie bewachen muss.
Am teuersten aber ist der Bischofshut
von Limburg …

Es gibt neue Hüte und alte Hüte -
denen begegnet man <u>täglich</u> in Politik, Presse
und Fernsehen.
Alles ALTE HÜTE.

Die Mode ist eben flüchtig, wie ALDEHYDE!

Notbremse

Gestresst und schwitzend stieg ich in mein
völlig überhitztes Auto.
Eine BREMSE wartete schon gierig, und schwupps,
piekste sie mich am Kopf. Klatsch!- Daneben.
Pieks am Hals und pieks am Bein. Klatsch!
Endlich hatte ich sie am Boden.
Ich trat auf die Bremse ... ,
Aber eben auf die falsche.

Das Auto hinter mir war bereits in meinem
Kofferraum.

Bulle

Ein Bulle wurde kastriert.
Es gab aber Komplikationen ...
Man hätte ihm <u>vorher</u> die
Dienstwaffe abnehmen sollen.

Spannend

Sandalen, Pumps und High-Heels waren empört.
Ein <u>Schuhspanner</u> hatte sie heimlich beobachtet.

Wummkrachpeng

Frauen sind sehr sensibel, zumindest
was gewisse Dinge betrifft.
Handelt es sich aber um Gegenstände, kommt
ihr zweites Gesicht zum Vorschein.
Reißverschlüsse, Regenschirme, Haushaltsgeräte
und andere Utensilien können ein Lied
davon singen ...
Man(n) muss nur aufpassen, dass man nicht in die
„Schusslinie" gerät, sondern die „verletzten"
Gegenstände in Ruhe und möglichst wortlos
wieder richtet.

Wesensmerkmale

Ein unwesentlich amtliches Wesen vom
Gesundheitswesen trieb sehr zu unserem
Leidwesen während des Abwesens in unserem
Anwesen sein Unwesen.
Nichts Wesentliches,
aber uns wesensfremd.
Es wollte nur sehen, ob in unserem Anwesen
Lebewesen verwesen.
Das war gemein!
Besagtes Wesen war nämlich nicht vom Gesund-
heitswesen, sondern vom Gemeinwesen.

COLA-MAN

Frühling

Der Frühling pinselt vor sich hin
mit farbenfroher Fülle.
Die Sonne blinzelt vor sich hin
und braucht 'ne Sonnenbrille.

Die Merkel mergelt vor sich hin,
werkelt an Politik.
Ein Ferkel ferkelt vor sich hin,
mutiert zum Bratenstück.

Die Vögel menscheln vor sich hin,
doch das tun andre auch.
Ein flottes Mädchen gibt sich hin,
hat bald 'nen dicken Bauch.

Manch Künstler künstelt vor sich hin,
ist ja nur Schall und Rauch ...
und andre jauchzen vor sich hin,
zumal bei Günther Jauch.

Ich depressiere vor mich hin
und will es diesmal packen.
Das Leben, das macht wieder Sinn
mit allen seinen Macken.

Künstler

Es gibt zweierlei Künstler:
solche, die davon leben können,
und solche, die nicht.

Das hängt nicht automatisch von der Qualität ab,
die bestimmt DER MARKT.

Als Künstler muss man,
um nicht ewig als Überlebenskünstler zu gelten,
auch mal MARKTSCHREIER sein!

Kultur

KULTUR IST JEDER ZWEITE HERZSCHLAG
hieß es propagandistisch zu DDR-Zeiten.

Heutzutage würden das viele Verantwortliche
auch gern hören,
da brauchten sie die freigewordenen Stellen
nicht wieder neu zu besetzen!

Sicher

Quacksalber und Quecksilber helfen totsicher!

Rollator

Wenn Sie denken, man muss Rollatorfahren
nicht üben, täuschen Sie sich gewaltig.
Gehen Sie mal zur besten Einkaufszeit in eine
Kaufhalle, <u>ohne</u> Zettel, nur als Beobachter.
Vor allem Männer bieten das volle Programm:
Knickebeinschlurfabhangstellung mit Bauchauflage
und Ellenbogenstützhilfe.
Mensch und Rollwagen sind <u>eine</u> Einheit!
Völlig teilnahmsloses Gesicht, das Portemonnaie
hängt aus der Arschtasche und wartet auf „Vatis"
großen Auftritt an der Kasse.
„Mutti" erschwert gemeinerweise noch die Übung,
indem sie immer wieder „Ballast" auffüllt.
Treffen sich nun zwei oder drei Rollschüler, haben
Sie <u>keine</u> Chance. Sie stecken im Stau!
An anderen Stellen ist das genauso. Ich warte
immer auf eine Info-Durchsage, welcher Gang gerade
noch begehbar sei. Aber leider ...

Neulich wollte ich mal Wurst kaufen, kam jedoch
nicht an die Theke, und verließ entnervt mit
sechs Rollen Klopapier den Laden.

Manchmal schäme ich mich auch etwas, denn <u>diese</u>
Menschen betreiben aktive Altersvorsorge.
Dabei gehen einige schon auf die VIERZIG zu!!!

<u>Ich</u> sollte mich nicht so hängen lassen.

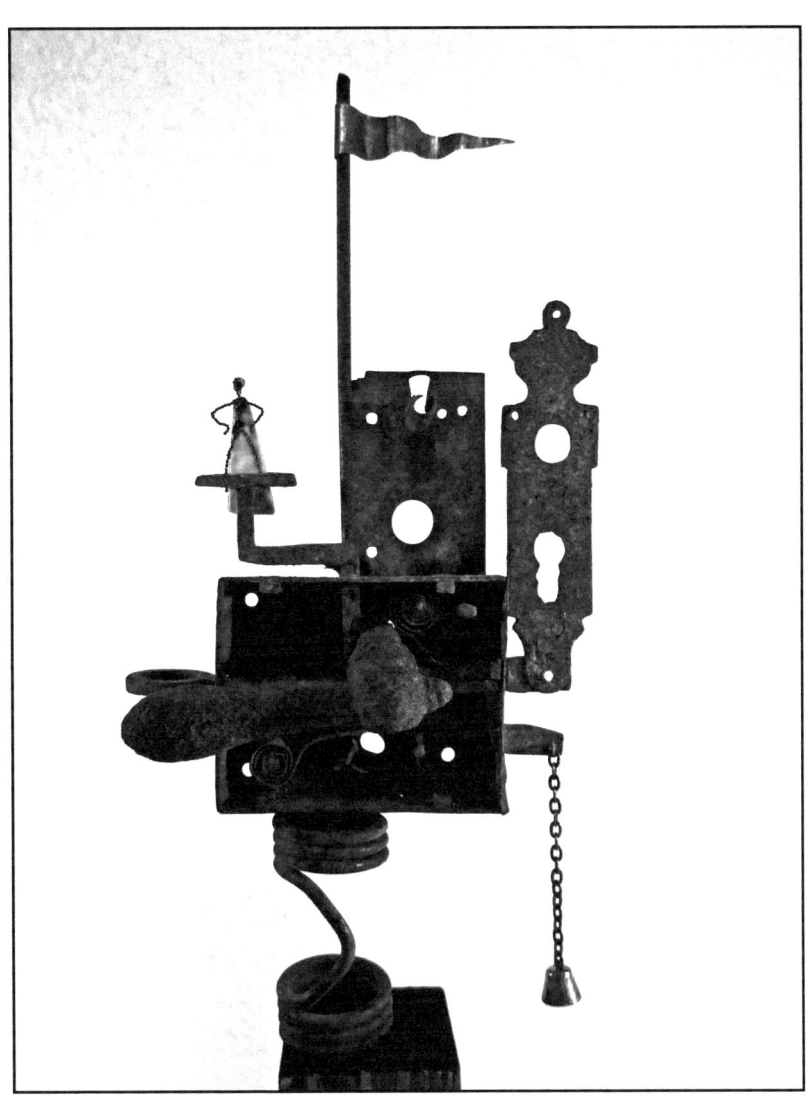

ALTES SCHLOSS VON F.B.

Instrumente - Instrumente - Instrumente

Als **Zimbal**spieler darf man nicht so
„zimbalich" sein.

Die **Bratsche** wird oft stiefmütterlich behandelt.
Deshalb nennt man sie auch **Viola,** wie
das Stiefmütterchen.

Ist das **Cello** weg, sagt der Russe: Tschelowjek.

Die **Posaune** wird vom Posaunisten mit dem Mund
geblasen, und nicht, wie manche vermuten, mit
dem Po in der Sauna.

Auch andere Instrumente als die **Violine** können
bei einem Konzert den Einsatz „vergeigen".

Triangel ist sehr leicht. Ich habe eins in der
Hose und kann damit gut leben.

„Blockflöten" gab es in der DDR sehr viele.
Sie wurden nach der Wende zu „Posaunen".

Die **Harfe** war als großer Eierschneider konzipiert.
Aber als die Erfinder merkten, dass
es so große Eier gar nicht gibt, stellten sie
die Harfe heimlich im Orchestergraben ab.

Wer nicht aufpasst, kann sich bei den vielen
Bäumen im Wald ein Horn stoßen, ein **Waldhorn.**
Wenn man drauf bläst geht es schnell weg,
sagt meine Oma.

Liedsängerinnen werden mit <u>einem</u> **Flügel**
begleitet. Bei <u>zwei</u> Flügeln bestände die Gefahr,
dass so manche Amazone trotz ihres Gewichtes
abhebt und davonfliegt.

Zither spielt sich am besten als Greis.
Man legt nur ganz „ruhig" die Hände auf die
Saiten - und schon zittert's los.

Für das Erlernen der **Kesselpauke** muss man
viele Jahre pauken. Entnervte Aussteiger
nehmen dann einfach das Fell ab und
kochen darin Kesselgulasch.

Fagott - schwer! Oh Gott, Fagott, forget it.

Der **Dudelsack** ist ein Sack mit Dudeln.
Er darf jetzt auch in konservativen Ländern
von Frauen gespielt werden!

„Der Ton macht die Musik".
Da fühlt sich die **Okarina** doppelt angesprochen.

Der **Bass** wird vom Bassisten gespielt und nicht
vom Basstölpel, wie Ornithologen glauben.

Die **Becken** sind ein „kaiserliches" Instrument.
Sie stammen alle aus der Dynastie BECKENBAUER.

Die **Stradivari** des berühmten Solisten war
verstimmt. Seine Frau hatte andere Saiten
aufgezogen.

Viele Frauen bringen ihren Männern die
„Flötentöne" bei, ohne ein Instrument
zu spielen.

Im Orchester ist es wie im Leben: Nicht der
mit der größten Klappe macht die beste Musik.

Der Organist kann, muss aber kein Organspender
sein.

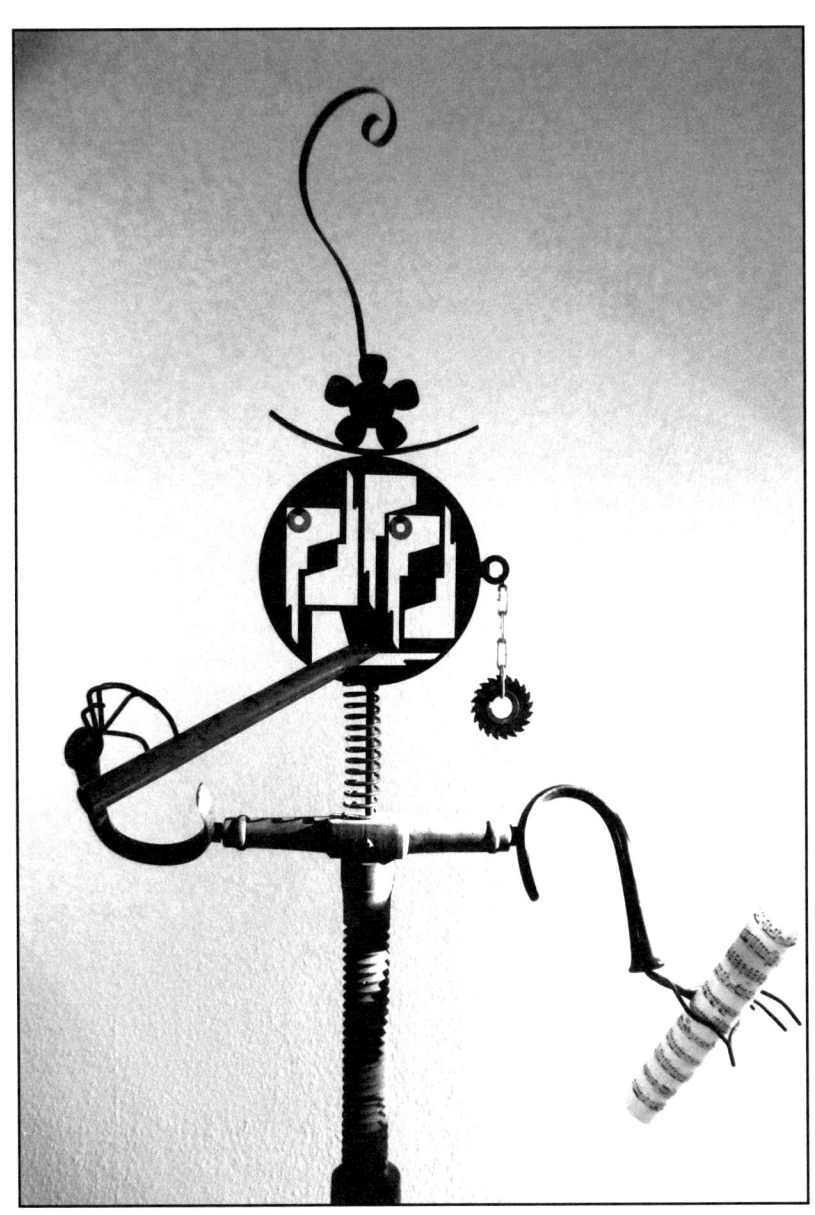

FLÖTENSPIELER

Die **Laute** wird geschlagen!
Ich weiß auch nicht aus welchem Grund.
Auf jeden Fall werde ich im Internet eine
Protestpetition verfassen.
Dabei kann die Laute soo leise Töne spielen.

Manche Musiker ziehen alle Register,
pfeifen aber auf dem letzten Loch.

Nicht nur bei Verkehrsunfällen gibt es Blechschäden,
auch im Orchester kann es dazu kommen.

In China hat man immer schon Musik geliebt,
und auch <u>während</u> des Essens mit den Stäbchen
dirigiert.
Seither wurde überall der Dirigierstab Mode.
(Heute leider ohne Essen.)

Im Mittelalter zeigte man den Delinquenten
<u>vor</u> der Folter die „**Instrumente**" -
und viele waren froh,
wenn nicht darauf „gespielt" wurde.

Sächsische Spezialitäten

Man kennt ja Rührei, Spiegelei, Ei versucht
und Ei im Glas.
In Sachsen gibt es aber was ganz besonderes:
Ei verbibbsch.

Hamm oder nich Hamm

Mir sinn nich von Hamm,
sonnern vom Arzgebirgskamm.
Un fahrn mir nach Hammburg
oder nach Hamm,
dann hammer Hammweh
nach unsern Dorhamm.

Schärpen bringen Glück?

Im Kurort Rathen fand kürzlich eine
„Miss"-Wahl statt.
Keine einzige Schönheit bewarb sich.
Die Siegprämie wurde erhöht,
doch keine Mutter wollte sich nachsagen
lassen, dass ihre Tochter „Miss Rathen" sei!

Es war nicht alles schlecht ...

Jetzt gibt es ergometrische Zahnbürsten mit
gummiertem, noppenverstärkten Griff, elastischer
Flex-Schwing-Federung und Hoch-Tief-Borsten.
Das Beste von BEST.
Will man aber Zahnpasta auftragen, kippt die
ganze Chose vom Wasserglas ins Waschbecken.
Wie stabil war doch früher eine breite,
mit „Putzi" bestückte, einfache Bürste.

Erich

Ein systemkritischer DDR-Schriftsteller
merkte beizeiten:
Erich Loest das Problem auch nicht!

Opportunisten

Manch DDR-Genosse fühlt sich heute als
verkappter „Widerstandskämpfer".
Wenn man sich traf, hieß es: KRISE!

Sehr mutig damals.

SPRUNG INS KALTE WASSER

Gruß aus der Küche

Aus besonderem Anlass hatte ich meine Frau
in ein berühmtes „Sterne"- Restaurant eingeladen.
Das Interieur sah nobel und sehr teuer aus.
Ich werde auch immer leicht nervös, wenn mehr
Kellner als Gäste zu sehen sind.
Wir bestellten ein verführerisch klingendes
Menü, wo die „an-", „zu-" und „in-" Erklärungen
fast zwanzig Zeilen der Speisekarte einnahmen.
Etwas steif harrten wir der Dinge, die da kommen
würden.
Zwei Kellner nahten gravitätisch mit etwas
höheren Espressotassen, und kippten unisono
elegant eine Art Rinderconsommé in große,
tiefe Teller. Gelernt ist eben gelernt!
Traurig und verloren sahen mich die Fettaugen
an, zumal kaum was auf den Löffel ging. Und
den Teller ankippen, wie zu Hause, getraute
ich mir unter den kritischen Blicken nicht.
Dafür schwammen sehr dekorativ
sieben Schnittlauchröllchen zwischen
sieben Würfeln Eierstich.
Danach kam ein Teller mit farblich abgestimmtem
und kunstvoll angerichteten Carpacciofächer,
der aber von der Größe eher auf
einen kleinen Eisbecher gepasst hätte. Auf
einem Extratellerechen lag ein gestreifter „Radiergummi".
Nein, es war natürlich ein regenbogenfarbiges
Weinsorbet mit frittiertem Minzblättchen.

Schmeckte alles nicht schlecht.
Und nach dem „Gruß aus der Küche" und der
Fächervorspeise war ich jetzt erwartungsvoll.

Es dauerte sehr, sehr lange ...

Endlich kam der Kellner. Das Tablett war geheimnisvoll
abgedeckt mit einer blütenweißen Serviette.
Die Rechnung!

Zu Hause fanden wir noch eine Dose Würstchen,
zwei Scheiben Brot vom Vortag und etwas Senf.
KÖSTLICH!

Lum-Lum

Ein Freund, nicht gerade als „Kochwunder" bekannt,
wartete neulich mit einer Eigenkreation
auf: **Lum-Lum**.
Eigentlich war es nur aufgewärmter Hering in
Tomatensoße aus der Dose.
Manche waren davon ganz angetan. Klingt auch
geheimnisvoll, afrikanisch: **Lum-Lum**.
Natürlich habe ich das ausprobiert. Mir hätte
nur jemand sagen sollen, dass ich die Dose
vorher öffnen muss!!!
Von den Renovierungskosten der Küche hätten wir
auch dreimal in ein Nobelrestaurant gehen können.

Knast

Im Knast gab es eine Revolte wegen
schlechten Essens.
Alle hatten Knast!!!
Seitdem ist das Essen besser, und es
gibt einen Nachtisch: Haftcreme.

Quasselstrippe

Früher gab es Telefone mit Strippe.
Mal Stripp-dies, mal Stripp-das,
als Strippenzieherin war ich ein Ass.
Die ganze Sippe hing bei mir an der Strippe,
an meiner Muschel und an meiner Lippe.
Doch dann kam die Wende.
Mit dem Handy, ohne Strippe, DAS ENDE.

Autoren

Es gibt Zusteller, Schausteller, Nachsteller,
Fallensteller und Bittsteller.
Das alles in einer Person nennt sich
SCHRIFTSTELLER.

FRANZOSE (GALLISCHER HAHN)

Interview

Personen: Journalist (J), Starkoch (St)

J.: ... nächste Frage:
 Glauben Sie an Gott?
St.: Natürlich! Für Karel Gott habe ich zur
 Geburtstagsfeier eine exorbitante Götterspeise
 für 500 Personen bereitet ...
J.: Hmmm. - Was halten Sie vom JÜNGSTEN GERICHT?
St.: Mein jüngstes Gericht war eine mit Trüffeln
 versehene Farce für eine Poularde an ...
J.: (dazwischen) Ich meine eigentlich das göttliche
 JÜNGSTE GERICHT, wo sich entscheidet,
 wer ins Himmelreich kommt, oder wer in der
 Hölle schmoren muss.
St.: (schwärmt) „Schlesisches Himmelreich", mein
 Lieblingsgericht. GÖTTLICH!!!
 Aber auch ein gut geschmorter Braten, wo
 Röstaromen den Gaumen kitzeln, ist sehr
 lecker.
J.: Hmmmm, - - äh, danke für das Interview.
 (beiseite) Mit solchen Leuten kann man ja
 nicht ernsthaft reden.

Jüngstes Gericht

Religionsgemeinschaften bereiten die Menschheit
auf das JÜNGSTE GERICHT vor.
Das wird bestimmt ganz anders ablaufen als
in der Bibel beschrieben. Viel innovativer,
zeitgemäßer.
Hat sich doch die Menschheit seit jenen Tagen
vertausendfacht.
Wielange sollte denn so ein „Prozess" dann
dauern?
Ich denke, wenn es soweit ist, geht alles
über einen „göttlichen Scanner".
Streifenpolizisten, Strichdamen und Zebras
sind schon bestens darauf vorbereitet.

App

Der Programmierer Klaus
saß vorm Computer mit der Maus.
(Die Katze musste derweil raus.)

Plötzlich zog er die Stirne kraus,
denn auf dem Bildschirm lief 'ne Laus.

Da dachte Programmierer Klaus:
eine App und eine Laus?
Tolle Kombination. APPLAUS, APPLAUS!!!

Streichorchester

Jetzt sind wir schon soweit, dass in den
Stadtparlamenten mehr „Streicher" sitzen
als in den jeweiligen Orchestern.

TV

Viele Privatsender hangeln sich von
Werbespot zu Werbespot.
Das „dazwischen" spottet jeder Beschreibung!

Germany's next Toppmodel

Die musste ich unbedingt haben, diese Töppe!
Beim Kochen stellte sich aber heraus,
dass die Soße etwas KLUMte.

Welche

Welche, die über andere lästern,
getrieben von eigenen Lastern,
machen das heimlich und lüstern.

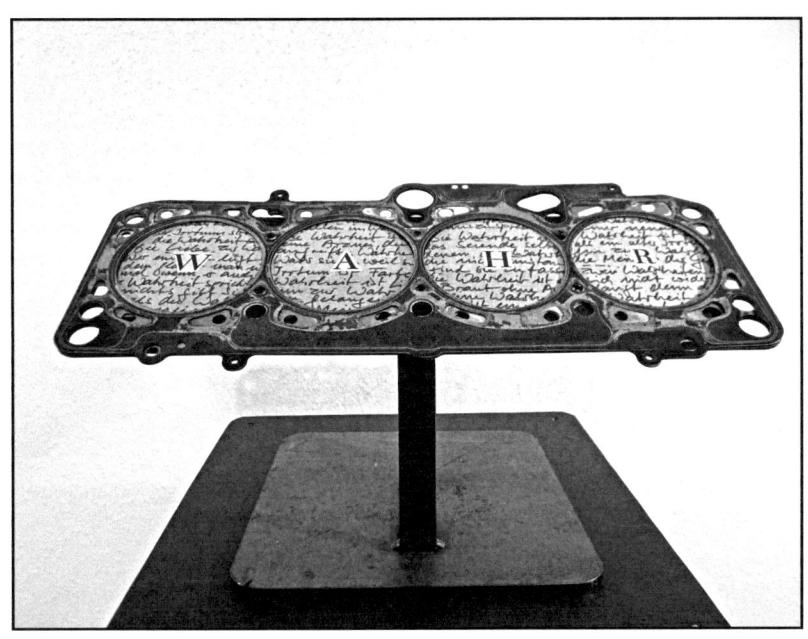

DICHTUNG UND WAHRHEIT

Kurzkrimi

Der Kammerherr vernaschte gerade die
Kammerjungfer (wie Boris) in der Besenkammer.
Plötzlich ertönte leise, Unheil verkündende
Kammermusik.
Da kam er angeschlichen, der gehörnte Kammerjäger,
öffnete gaaanz vorsichtig die Tür
zur Besenkammer, legte an, und

BUMMMMMMMMMM! ! !

Die Maus war <u>sofort</u> tot!
Kammer mal seh'n ...

Lügen

Wer <u>einmal</u> lügt, dem glaubt man nicht,
und wenn er auch die Wahrheit spricht.
's muss ein GESPINST von Lügen sein,
dann fall'n die Leute darauf rein.

Kleiner Unterschied

Mein Freund ist ein bekannter Makler.
Doch <u>nach</u> der Hochzeit merkte ich:
Er war nur ein verdammter MÄKLER.

Atomuhr

An einer amerikanischen Universität haben Wissenschaftler die genaueste Uhr der Welt entwickelt. Die Atomuhr geht erst in fünf Milliarden Jahren um <u>eine Sekunde</u> falsch!

Die Studenten der Uni tragen aber dessen ungeachtet weiterhin ihre chicen, zeitlosen Armbanduhren <u>ohne</u> Stundeneinteilung.

Doch VORMITTAGS und NACHMITTAGS können sie daran ablesen.

Warnung

In der neuen Atomuhr werden Strontiumatome verwendet. Die schwingen 430 Billionen mal in der Sekunde.
ABER:
Versuchen Sie das <u>nie</u> vor dem Einschlafen nachzuzählen! Es könnte zu nervösen Störungen kommen.

Bleiben Sie weiter bei den bewährten Schäfchen, und fragen Sie Ihren Arzt oder Uhrologen.

Vorschlag

In der Bundesliga beginnt für alle Vereine,
die nicht „rausgeflogen" sind, jedes Jahr
alles neu.
Punktestände der letzten Spielzeit, Siege
und Niederlagen, gelbe und rote Karten haben
nur noch statistischen Wert.
Sie werden annulliert.
Jeder hat jetzt wieder die gleiche Ausgangsposition
und kann sich neue Hoffnung machen.

Könnte man das nicht auch in der EHE einführen?

Therapeutischer Ratschlag

Lieber grillen am Rost
als Grillen im Kopf.

StarWars

Der olle Klecks da
auf meinem frisch geputzten Auto!?!?
Der <u>Star</u> wars.

WIDDERKOPF

Freiwillig

In Thüringen und anderen Bundesländern sind
die Einnahmen aus der Biersteuer, der drittwichtigsten
im Haushalt, 2013 stark zurückgegangen.
Man hatte die erhofften Gelder schon verplant.

Da erwacht doch mein „Helfersyndrom". Ich denke
an eine „ehrenamtliche Tätigkeit".
In so einer Krise muss man den Staat unterstützen.
Und das alles ohne Bierokratie.

Also, Herr Ober, noch 'n Bier!

Skater

NEUE ANLAGE FÜR SKATER ERRICHTET
stand neulich in der Zeitung.
Na schön und gut.
Das Geld hätte man aber auch vernünftiger
einsetzen können.
Wir haben uns früher in der alten Kneipe
getroffen und wild geskatet, ohne öffentliche Mittel!!!
Zugegeben, das Bier war sehr gewöhnungsbedürftig.

Volkskrankheit Schwindel

Schnelle Hilfe bei Schwindel:
Scheinmyrte und gelber Jasmin.
Empfohlen von Arzt und Apotheker.
Ob das aber bei Politikern, Wirtschafts- und
Bankbossen hilft, ist fraglich.

Wasserball

Wasserball ist eine sehr lebensnahe Sportart.
Oben Pokerfacegesicht, und unter Wasser wird
gehalten, getreten und gefoult.

Autobiografie

Für viele wäre das Schreiben ihrer Autobiografie
mit der Benennung der MARKE und
der jeweiligen PS-ZAHL beendet.

Lob

Herr Ober, die Bohnensuppe war furzüglich!

Fähr-play

Zwei Damen, eine Faire und eine Unfaire,
fuhren ungefähr bei Schaffhausen in romantischer
Atmosphäre mit einer Fähre über
den Rhein.
Die Unfaire fühlte sich durch die Faire in
ihrer Intimsphäre verletzt.
Dann kam der Rheinfall.
Für eine ein Reinfall,
und für die Fähre ein Unfall.
Zufall?

Preiswertes Essen

Beim Schlussverkauf wird fast alles reduziert.
Man kennt das ja:
30%, 50%, 70% --- alles muss raus!

Erstaunt war ich allerdings, als in einer
Fernsehkochshow ein bekannter Gourmetkoch
die leckeren Soßen auch gleich um die Hälfte
reduzierte ...

Formen nimmt das an!

HAI

Ost-West-Beziehung

Diese Flosche iss Eierlikör.

Oh, danke, sehr nett.
Wie komme ich denn dazu?
Danke. Leben Sie wohl!

Holt, wuhin dermit?

Na, sie sagten, das ist unser Likör.

Nee, das iss Eierlikör.

Sag ich doch! ! ! ???
... Soll einer die Ossis verstehen.

Skala

In der **Mailänder Scala** wird die Lautstärke
und die Dauer des Applauses gemessen.

Auf der **Richter-Skala** misst man die Stärke
der Erschütterungen bei Erdbeben.

Sind die Erschütterungen noch stärker,
benutzt man ab sofort die nach oben
offene **Hoeneß-Skala.**

Glasklar

DER GLÄSERNE MENSCH
alles sichtbar, alles offen -
bestaunt im Hygienemuseum Dresden.

DIE GLÄSERNE FABRIK
alles sichtbar, alles offen -
gläserne Manufaktur von VW.

DER GLÄSERNE MENSCH
alles sichtbar, alles offen -
vernetzte Menschen, nackt vor der NSA.

Der alte Mann und das Mehr

Uli Hoeneß muss das, wie viele andere
auch, völlig falsch verstanden haben mit:
„Ver**Geld**'s Gott!"

Für Alice

Schwarzer Tag für Alice.
Sie hätte sich doch lieber einen
Steuermann anlachen sollen.

Historisch

Vor 50 Jahren sagte Kennedy am Rathaus
Schöneberg die historischen Worte:
„ICH BIN EIN BERLINER".

Ein Glück, dass er nicht in Paris sprach.

Café NSA

Ob serviert wird, entscheiden die Kellner.
Observiert wird man hier auf jeden Fall!

Spy

Deutschland bemüht sich um ein
No-Spy-Abkommen mit den USA.
Der momentane Zustand ist aber
auch nur zum Speien!

Was Besseres

In jedem Dorf gibt's einen Dussel.
Nur- in Düsseldorf gibt' s Düssel.

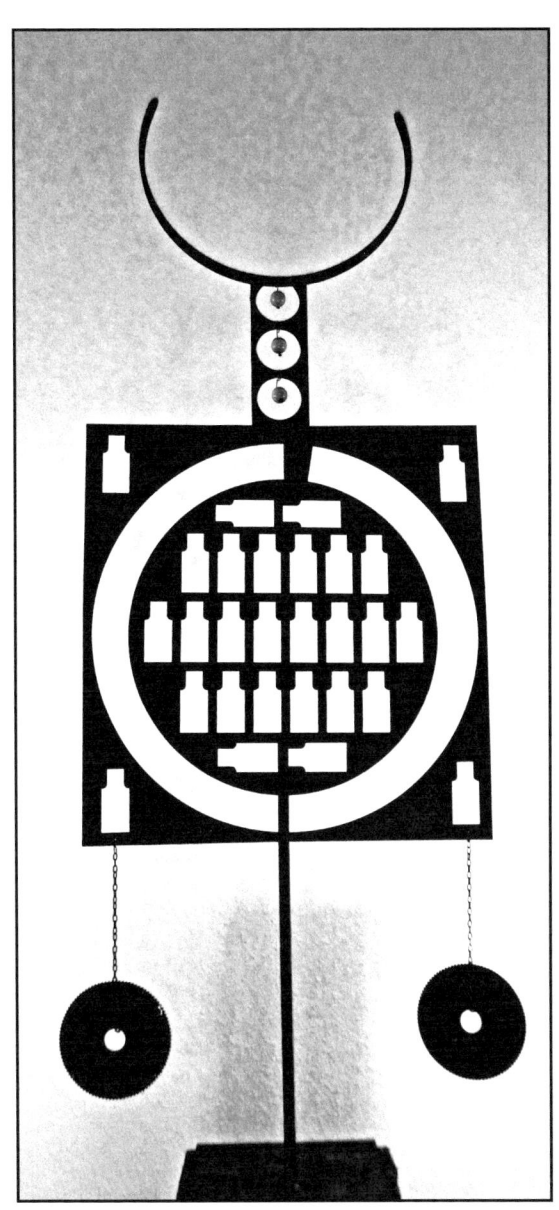

EL TORO

Frühlingsduft

„ ... süße, wohlbekannte Düfte
streifen ahnungsvoll das Land ...“

Es riecht nach Frühling und Kamille
beinah an jedem Feldesrand.
Jetzt gibt es Eis auch mit Vanille,
sogar den ersten Sonnenbrand.

Da fährt aufs Feld der Bauer Bille,
am Hut trägt er das BLAUE BAND.
Er öffnet seine große Tülle,
und etwas spritzt aufs Ackerland.

Erst sieht man es,
dann ahnt man was,
dann hört man etwas riechen:
GÜLLE IN HÜLLE UND FÜLLE!
... und dann ist Stille.

Schi

S' Watter wor fei schi,
fast zu schi.
Aber kan Schnie vor de Schi.
Doch mir fohrn liber schi Schi.
Dazu ne schiet Allergie .
. . . HATSCHI!

Ausländer

ICH BIN NICHT GEGEN AUSLÄNDER!

Sonntags gehen wir öfter zum Griechen,
obwohl mir das deftige Essen gar nicht bekommt.
Abends genießen wir manchmal Krimsekt,
machen „Schnäppchen"- Urlaub in der Türkei,
feilschen beim Vietnamesen, lassen uns vom
Italiener Pizza bringen ...
Neulich habe ich sogar neben der obligatorischen
Brühpolnischen bayrischen Leberkäse gekauft.

Mehr kann man nun wirklich nicht tun.

Tüllerillü

Nein, das ist nicht die Prüfungsaufgabe fürs
Jodeldiplom!
Sie ist weg, die Tüllerillü. Ohne sie kann ich
meinen Garten nicht gießen. Was nützt mir eine
Gießkanne ohne dieses Dingsda mit den kleinen
Löchern, die Tüllerillü.
Ich habe schon alle Nachbarn gefragt: „Habt ihr
meine Tüllerillü gesehen?"
Alle schauten mich freundlich und auch etwas besorgt
an, weil ...
Die Tüllerillü ist weg.

Gegensätzlich

Viele Skulpturen sind erst weiß
und werden im Laufe der Jahre grün.
Viele Menschen sind erst grün
und werden im Laufe der Jahre weiß.
Einige wenige sogar weise.

Klarstellung

Wenn ich mir viel vornehm'
bin ich noch lange nicht vornehm.
Und wenn ich mich geniere,
bin ich noch lange kein Genie.

Religionsfragen

Die Bayern sind ja traditionell katholisch.
Sind die „Fischköppe" buddhistisch?

Wie oft hör' ich im No(r)den:
BUDDHA BEI DE FISCHE!

SCHMERZENSMANN

Geniale Zufälle

Böttger wollte Gold herstellen,
stellte aber dumm sich an
und erfand das Porzellan.

Fleming liebte Schimmelkäse
und wollt' heimlich welchen zieh'n.
So enstand Penicillin.

Nobel geht die Welt zugrunde
und reißt alles mit sich mit.
Nobelpreis durch Dynamit.

Bei Schmerz und Leid ging **Freud**
mit Psycho-Anneliese aus
oder direkt ins Freudenhaus.

Edis Sohn aß mal 'ne Birne
und erfand, Sie wissen's schon:
die Glühbirne von **Edison.**

Weil manche Abende sehr öd sinn,
erfand ein **Blödmann** so aus Blödsinn
beim Blödeln nebenbei das Lötzinn.

FAZIT:
Besser <u>mit</u> Geist einen verlöten,
als <u>ohne</u> an der Welt verblöden!

Kreuzfahrer von heute

Diese riesigen Kreuzfahrschiffe finde ich toll.
Tausende eingepfercht in eine schwimmende
Luxusbüchse.
Mich würden keine zehn Pferde da 'rein bringen ...
ABER: Es entlastet unsere Strände!!!

Zeit

Die Zeit, die wir mit unnützen Dingen
verbringen, ist oft unsere schönste Zeit.

Gedanken

Früher machte ich mir Gedanken,
was die „Leute" denken.
Heute denk ich:
„Ich hab noch eigene Gedanken, Leute!"

In vino veritas

Wer Wein trinkt, darf auch an die Nähmaschine.

Allüren

Eine Frau mit Allüren
sollte es nicht am Computer probieren.

Zum Beispiel beim Surfen
die Finger lackieren,
Haare frisieren,
Wimpern anschmieren,
Ohren verzieren,
Männer verführen,
Gedanken verlieren
und in Kitschillus stieren.

Den Leichtsinn bekommt sie
ganz schnell zu spüren.

Es öffnen sich heimlich
Tore und Türen.
Die Viren kommen
auf allen Vieren,
um das Computerprogramm
zu verführen.

Doch das Programm
ließ sich davon nicht rühren.

Es machte sich nichts
aus sooo kleinen Tieren.

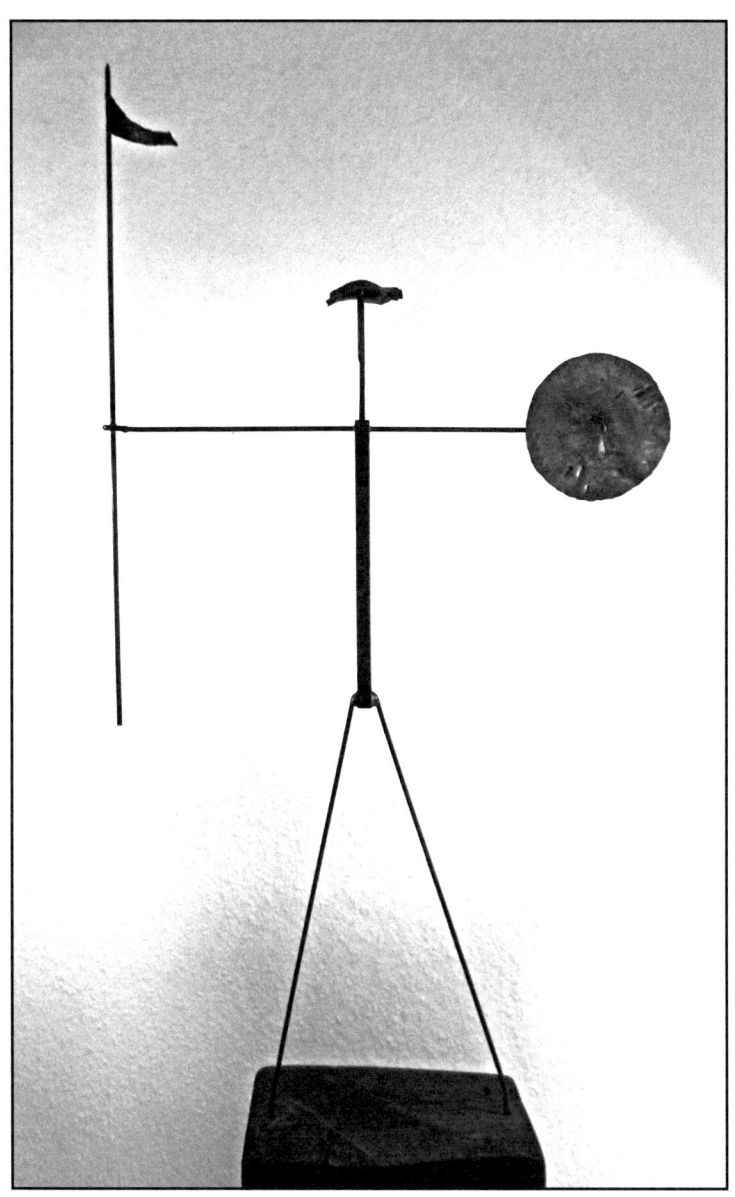

KLEINER DON QUIXOTE

w.w.w.

Ein Weber webt' seit Jahren Seide.
Doch bei der Auftragslage
wär' er in wen' gen Wochen pleite.

Da meinte seine Freundin Maite:
Du bist doch cool
und webst Webseide
für große und für kleine Leite
im Stück und auch im Set.
Dann geh doch mal ins Internet
und mach für deine Webseide
ganz einfach eine Webseite.

Gesagt, getan - und heite
ist gar kein Thema mehr die Pleite,
dank einer w.w.w.webseiden-webseite.

Glied

Meine Physiotherapeutin spricht öfters
von Gliedmaßen ...
Da erröte ich jedes Mal,
weil ich dachte,
es käme nicht auf die Größe an ...

Out-Fitz

Es ist kein Witz.
Der „Alte Fritz" aß mit Voltaire Pomm-Fritz.
Man sprach über 0ut-Fitz.

Von Uniformen mit Bordüren,
bunten Tressen, vielen Schnüren ...

Da fragte Voltaire „Old Fritzen":
„Wer soll denn das alles entfitzen?"

Albtraum

Auch prominente Schlagersänger
haben Albträume.
Aber im Gegensatz zu „Normalos",
die danach fix und fertig sind,
hören diese Promis lächelnd
im Traum schon die Kasse klingeln.

Fatal

LEBEN UND LEBEN LASSEN
Ein ehrenwerter Spruch,
der von radikalen Islamisten
nur anders verstanden wird ...

Jobben

Als Jugendlicher ging ich jobben, um mein
Taschengeld etwas aufzubessern,
schaffnerte bei der Straßenbahn oder verrichtete
Knochenarbeit im Umladebahnhof.
Von dem Geld konnte ich mir dann besondere
Wünsche erfüllen.
Heute müssen viele jobben um zu überleben ...

Menschen, die nicht jobben müssen,
gehen einfach shoppen.
Er geht zum Frühschoppen,
sie geht schon früh shoppen,
um Klamotten zu erstehen,
die man eigentlich nicht benötigt.
Man braucht nur ein Lager,
wo der unnütze Krams hinkommt.

Das nennt sich heutzutage:
BEGEHBARER KLEIDERSCHRANK.

Zweiter Bildungsweg

Wenn manche wüssten,
was in englisch
auf ihrem Shirt steht,
würden sie es nicht tragen.

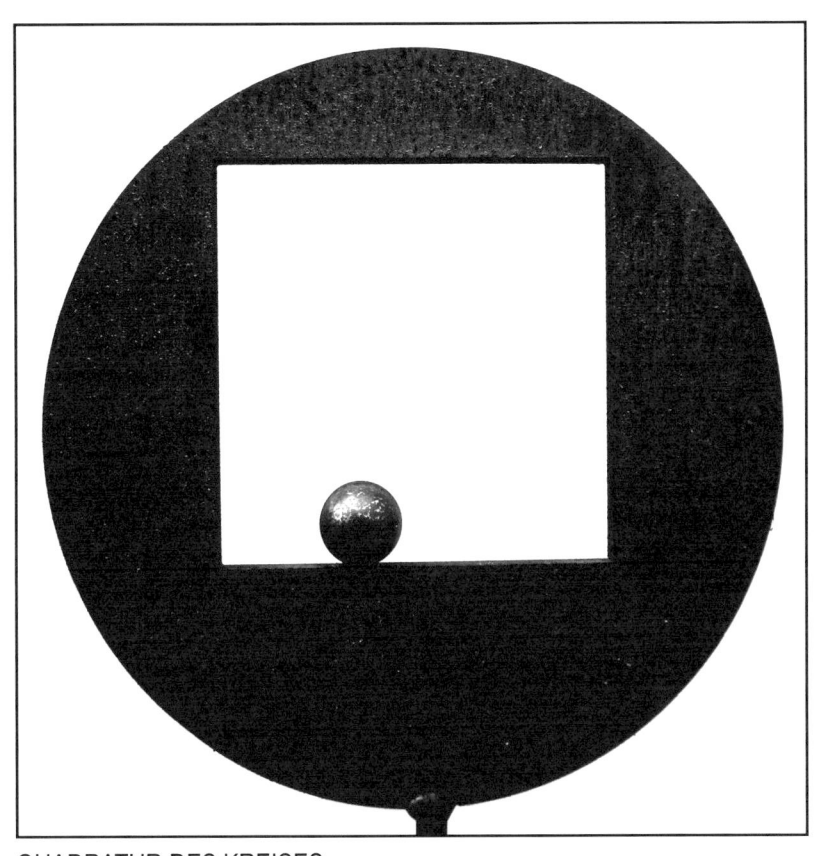

QUADRATUR DES KREISES

Ambivalentes

MENSCH SEIN heißt: das TIER in sich beherrschen.

AUFRICHTIG SEIN muss nicht immer <u>richtig</u> sein.

RECHT HABEN bedeutet noch nicht <u>Recht</u> bekommen.

UNRECHT kommt meist von RECHThaberei.

ARM SEIN schließt ein reiches Leben nicht aus.

REICH SEIN: Lebensziel „armer" Kreaturen.

KLUG SEIN - oft <u>dummes</u> Geschwätz.

DUMM SEIN ist manchmal ein <u>kluger</u> Schachzug.

Umfrage

FRAUEN ÜBER MÄNNER:
Keine Renner
Schlappschwänze und Penner
Miserable Frauenkenner

MÄNNER ÜBER FRAUEN:
Kann man(n) nicht trauen
Tun alles versauen
oder auf Treibsand bauen

Eines Tages

Bisher war ich der Meinung,
man kann heutzutage als Einzelner
wenig bewegen.

Umso erstaunlicher ist es, dass ganz
„normale" Insider mit paar CD's Tausende
um ihre Millionen zittern lassen.
Und einer sogar, Edward Snowden, nicht
den Schnee vom vergangenen Jahr erzählte,
sondern mit handfesten Enthüllungen Regierungen
in äußerste Peinlichkeiten stürzte.

Ich gebe zu, legal oder nicht,
es entlockt mir schon ein schadenfrohes
Schmunzeln.
Nur, wenn eines Tages einer kommt und sagt:
„Ich habe keine CD's,
ich habe DIE BOMBE ..."

Spätestens dann wird allen
das Schmunzeln vergeh'n.

Märchen

Märchen sind oft grausam und grimmig.

Naiv

Na, Yves, sei doch nicht so naiv!

Glaubst du die Frauen zu verstehen,
nur weil eine mit dir schlief?

Träumst du, „Alle Menschen werden Brüder",
nur weil einer dazu rief?

Meinst du, Kriege sind beendet,
weil bei uns ging lang' nichts schief?

Hoffst, dass Sportler nicht gedopt sind
positiv und negativ?

Willst, dass niemand überrollt wird
von dem selbstgemachten Mief?

Denkst du, die Banken schicken dir
aus Gnade den Verzinsungsbrief?

Ich weiß, der Schock sitzt tief.

WAHRHEIT IST SEHR RELATIV.

Sei doch nicht so naiv, Yves!

FISCHERLICHT

Verzeichnis der Abbildungen:

TITEL: PFEIFENDER FUCHS NACH ERFOLGREICHEM BEUTEGANG
Sandstein/Feder, Höhe 100 cm

S. 5: HIMMELSSCHEIBE VON BORNA 2009
gelaserte Stahlplatte/Messing/Zahnräder, 52 cm

S. 9: MUTTER MIT FÜNF KINDERN 2009
Div.Muttern/Rohr/Draht, Höhe 13 cm

S. 13: AUFGETAKELTE ALTE SCHRAUBE 2009
Bahnschraube/Federn, Höhe 22 cm

S. 17: RITTER VON DER HACKE 2010
Gartenhacke/ Kleinteile/Kupferdraht,Höhe 35 cm

S. 21: KOFFERFISCH 2006
Rhizom/Glasauge, Höhe 21 cm

S. 25: SONNENUHR FÜR TRÜBE TAGE 2010
Pflasterstein/schwenkbare Kerze/Messing,Höhe 38 cm

S. 29: SCHAMANE 2010
Holzspindel/div.Stahlteile, Höhe 103 cm

S. 33: TERPSICHORE AUF DEM DELPHIN 2012
Fundholz/Draht/Perle, Höhe 28 cm

S. 37: DREI ALTE SCHRAUBEN BEIM KAFFEE 2009
Bahnschrauben/Haken/Puppengeschirr, Höhe 20 cm

S. 41: TOTEM 1996
Langhobel/Schere, Höhe 77 cm

S. 45: ALTER AUS BOCKWEN 2012
Fundholz/Glasauge/Folie/Kippe, Höhe 30 cm

S. 49: AUS DEM KASTEN GEFLOGEN 2008
Nähmaschinenkasten / Schrott / Draht, Höhe 42cm

S. 53: FAMILIENAUSFLUG ALS SCHLÜSSELERLEBNIS 2012
Diverse alte Schlüssel / Messingblech, Höhe 22 cm

S. 57: SATHANAEL 2012
Langhobel / Sensen / Mistgabel / CD's, Höhe 275cm

S. 61: GROSSER HIRSCH 1994
Prophyr / Holz, Höhe 88cm

S. 65: AUSSERIRDISCHER 2008
Langhobel / Metall / CD's, Höhe 185cm

S. 69: STRANDWÄCHTER 2007
Fundholz / Stein / Messing / Draht, Höhe 40cm

S . 73: ENGEL UND TEUFEL 2007
Fundhölzer / Draht / Feder, Höhe 65cm

S. 81: PHARAONIN HATSCHEPSUT 2009 (AUSSCHNITT)
Fundhölzer/Metallteile, Höhe 195 cm

S. 85: WASSERSPEIER 2009
Metallteile, Höhe Kopf 65 cm

S. 89: KRUZIFIX 2014
Schwemmhölzer, Höhe 30 cm

S. 93: MUTIERTER HAHN 2013
Messingteile/Federn, Höhe 40 cm

S. 97: SEILTÄNZER 1998
Armatur/Messingstange, Breite 100 cm

S.101: COLA-MAN 2011
gelaserte Stahlteile/Metall, Höhe 200 cm

S.105: ALTES SCHLOSS VON F.B.2014
Kastenschlossteile, Höhe 45 cm

S.109: FLÖTENSPIELER 2011 (AUSSCHNITT)
Holzspindel/Metallteile, Höhe 200 cm

S.113: SPRUNG INS KALTE WASSER 2014
Gussofenfuß/Draht/Wasserglas, Höhe 40 cm

S.117: FRANZOSE (GALLISCHER HAHN) 2013
Werkzeug/Filz, Höhe 20 cm

S.121: DICHTUNG UND WAHRHEIT 2013
Audi-Dichtung/Sprüche, Breite 37 cm

S.125: WIDDERKOPF 1994
Schiebetorrolle, Höhe 50cm

S.129: HAI 2013
Fundholz/Sichel- und Sägeteil, Breite 90 cm

S.133: EL TORO 2011
gelaserter Stahl/Metalle, Höhe 200cm

S.137: SCHMERZENSMANN 2011
Fundholz/Nägel/Draht, Höhe 70cm

S.141: KLEINER DON QUIXOTE 1995
Stahldraht/Messing, Höhe 90cm

S.145: QUADRATUR DES KREISES 2009
gelaserter Stahl/Kugel, Höhe 28cm

S 149: FISCHERLICHT 2008
Netzkork/Holz/Draht, Höhe 25cm

Biografie

1942	in Chemnitz geboren
1960	Abitur
1960-62	Armeezeit
1962-71	Theatermaler, dann Bühnenbildner am Theater Karl-Marx-Stadt/Chemnitz
1971-81	Ausstattungsleiter und Chefbühnenbildner am Theater Zwickau
1975-80	Bühnenbildstudium an der HfBK Dresden (extern), 1980 Diplom
1981-2002	Ausstattungsleiter, Bühnenbildner und Puppengestalter am Figurentheater Karl-Marx-Stadt/Chemnitz

Gastspiele an der Oper Chemnitz und verschiedenen anderen Theatern
ca. 170 Ausstattungen für Oper, Schauspiel, Ballett und Figurentheater

intensivere Beschäftigung mit Malerei, Plastik, Gartengestaltung, Kochen und Lebensk ...

Impressum

Herausgeber/Plastiken/Fotos:
Peter Gemarius de Kepper Tel.0371/372404

Bearbeitung und Layout:
Thomas Jungnickel

Herstellung und Verlag:
BoD - Books on Demand, Norderstedt

ISBN 978-3-7357-1265-3